金鴨帝國

張天翼 著

張天翼（一九〇六年——一九八五年）

湖南湘鄉人。現代小說家、兒童文學作家。一九三八年發表短篇小說《華威先生》。曾任《人民文學》主編等職。作品多以嘲諷筆調，文筆活潑新鮮，風格辛辣。著有短篇小說《包氏父子》及兒童文學作品《大林和小林》《羅文應的故事》《寶葫蘆的祕密》《禿禿大王》等。

兒童文學的歷史與記憶

林文寶

大陸海豚出版社所出版之中國兒童文學經典懷舊系列，要在臺灣出版繁體版，這是臺灣兒童文學界的大事。該套書是蔣風先生策劃主編，其實就是上個世紀二、二十年代的作家與作品，絕大部分的作家與作品皆已是陌生的路人。因此，說是經典有失嚴肅；至於懷舊，或許正是這套書當時出版的意義所在。如今在臺灣印行繁體版，其意義又何在？

考查各國兒童文學的源頭，一般來說有三：

一、口傳文學

二、古代典籍

三、啟蒙教材

而臺灣似乎不只這三個源頭，綜觀臺灣近代的歷史，先後歷經荷蘭人佔據三十八年（一六二四—一六六二），西班牙局部佔領十六年（一六二六—

一六四二），明鄭二十二年（一六六一—一六八三），清朝治理二〇〇餘年（一六八三—一八九五），以及日本佔據五十年（一八九五—一九四五）。其間，相當長時間是處於被殖民的地位。因此，除了漢人移民文化外，尚有殖民者文化的滲入；尤其以日治時期的殖民文化影響最為顯著，荷蘭次之，西班牙最少，是以臺灣的文化在一九四五年以前是以漢人與原住民文化為主，殖民文化為輔的文化形態。

一九四五年十月二十五日國民黨接收臺灣後，大陸人來臺，注入文化的熱血液。接著一九四九年十二月七日國民黨政府遷都臺北，更是湧進大量的大陸人口。而後兩岸進入完全隔離的型態，直至一九八七年十一月臺灣戒嚴令廢除，兩岸開始有了交流與互動。一九八九年八月十一至二十三日「大陸兒童文學研究會」成員七人，於合肥、上海與北京進行交流，這是所謂的「破冰之旅」，正式開啟兩岸兒童文學交流歷史的一頁。

其實，兩岸或說同文，但其間隔離至少有百年之久，且由於種種政治因素，目前兩岸又處於零互動的階段。而後「發現臺灣」已然成為主流與事實。

因此，所謂臺灣兒童文學的源頭或資源，除前述各國兒童文學的三個源頭，又有受日本、西方歐美與中國的影響。而所謂三個源頭主要是以漢人文化為主，其實也就是傳統的中國文化。

臺灣兒童文學的起點，無論是一九〇七年（明治四〇年），或是一九一二年（明治四十五年／大正元年），雖然時間在日治時期，但無疑臺灣的兒童文學是屬於華文世界兒童文學的一支，它與中國漢人文化是有血緣近親的關係。因此，了解中國上個世紀新時代繁華盛世的兒童文學，是一種必然尋根之旅。

本套書是以懷舊和研究為先，因此增補了原書出版的年代（含年、月）、出版地以及作者簡介等資料。期待能補足你對華文世界兒童文學的歷史與記憶。

林文寶，現任臺東大學榮譽教授，曾任臺東大學人文學院院長、兒童文學研究所創所所長、亞洲兒童文學學會臺灣會長等。獲得第三屆五四兒童文學教育獎，中國文藝協會文藝獎章（兒童文學獎），信誼特殊貢獻獎等獎肯定。

總序二

原貌重現中國兒童文學作品

蔣風

今年年初的一天，我的年輕朋友梅杰給我打來電話，他代表海豚出版社邀請我為他策劃的一套中國兒童文學經典懷舊系列擔任主編，也許他認為我一輩子與中國兒童文學結緣，且大半輩子從事中國兒童文學教學與研究工作，對這一領域比較熟悉，了解較多，有利於全套書系經典作品的斟酌與取捨。

一開始我也感到有點突然，但畢竟自己從童年開始，就是讀《稻草人》《寄小讀者》《大林和小林》等初版本長大的。後又因教學和研究工作需要，幾乎一而再、再而三與這些兒童文學經典作品為伴，並反復閱讀。很快地，我的懷舊之情油然而生，便欣然允諾。

近幾個月來，我不斷地思考著哪些作品稱得上是中國兒童文學的經典？哪幾種是值得我們懷念的版本？一方面經常與出版社電話商討，一方面又翻找自己珍藏的舊書。同時還思考著出版這套書系的當代價值和意義。

中國兒童文學的歷史源遠流長，卻長期處於一種「不自覺」的蒙昧狀態。而清末宣統年間孫毓修主編的「童話叢刊」中的《無貓國》的出版，可算是「覺醒」的一個信號，至今已經走過整整一百年了。即便從中國出現「兒童文學」這個名詞後，葉聖陶的《稻草人》出版算起，也將近一個世紀了。在這段不長的時間裡，中國兒童文學不斷地成長，漸漸走向成熟。其中有些作品經久不衰，而一些作品卻在歷史的進程中消失了蹤影。然而，真正經典的作品，應該永遠活在眾多讀者的心底，並不時在讀者的腦海裡泛起她的倩影。

當我們站在新世紀初葉的門檻上，常常會在心底提出疑問：在這一百多年的時間裡，中國到底積澱了多少兒童文學經典名著？如今的我們又如何能夠重溫這些經典呢？

在市場經濟高度繁榮的今天，環顧當下圖書出版市場，能夠隨處找到這些經典名著各式各樣的新版本。遺憾的是，我們很難從中感受到當初那種閱讀經典作品時的新奇感、愉悅感、崇敬感。因為市面上的新版本，大都是美繪本、青少版、刪節版，甚至是粗糙的改寫本或編寫本。不少編輯和編者輕率地刪改了原作的字詞、標點，配上了與經典名著不甚協調的插圖。我想，真正的經典版本，從內容到形式都應該是精致的、典雅的，書中每個角落透露出來的氣息，都要與作品內在的美感、精神、品質相一致。於是，我繼續往前回想，記憶起那些經典名著的初版本，或者其他的老版本——我的心不禁微微一震，那裡才有我需要的閱讀感覺。

在很長的一段時間裡，我也渴望著這些中國兒童文學舊經典，能夠以它們原來的面貌重現於今天的讀者面前。至少，新的版本能夠讓讀者記憶起它們初始的樣子。此外，還有許多已經沉睡在某家圖書館或某個民間藏書家手裡的舊版本，我也希望它們能夠以原來的樣子再度展現自己。我想這恐怕也就是出版者推出這套書系的初衷。

也許有人會懷疑這種懷舊感情的意義。其實，懷舊是人類普遍存在的情感。它是一種自古迄今，不分中外都有的文化現象，反映了人類作為個體，在漫長的人生旅途上，需要回首自己走過的路，讓一行行的腳印在腦海深處復活。

懷舊，不是心靈無助的漂泊；懷舊也不是心理病態的表徵。懷舊，能夠使我們憧憬理想的價值；懷舊，可以讓我們明白追求的意義；懷舊，也促使我們理解生命的真諦。它既可讓人獲得心靈的慰藉，也能從中獲得精神力量。因此，我認為出版本書系，也是另一種形式的文化積澱。

懷舊不僅是一種文化積澱，它更為我們提供了一種經過時間發酵釀造而成的文化營養。它為認識、評價當前兒童文學創作、出版、研究提供了一份有價值的參照系統，體現了我們對它們批判性的繼承和發揚，同時還為繁榮我國兒童文學事業提供了一個座標、方向，從而順利找到超越以往的新路。這是本書系出版的根本旨意的基點。

這套書經過長時間的籌畫、準備，將要出版了。

我們出版這樣一個書系，不是炒冷飯，而是迎接一個新的挑戰。

我們的汗水不會白灑，這項勞動是有意義的。

我們是嚮往未來的，我們正在走向未來。

我們堅信自己是懷著崇高的信念，追求中國兒童文學更崇高的明天的。

二〇一一年三月二〇日
於中國兒童文學研究中心

蔣風，一九二五年生，浙江金華人。亞洲兒童文學學會共同會長、中國兒童文學學科創始人、中國國際兒童文學館館長。曾任浙江師範大學校長。著有《中國兒童文學講話》《兒童文學叢談》《兒童文學概論》《蔣風文壇回憶錄》等。二〇一一年，榮獲國際格林獎，是中國迄今為止唯一的獲得者。

目錄

引子

從前有一種野蠻民族，住在一個很大很大的島上。這種野蠻民族叫做餘糧族。後來不知道過了多少年代，這餘糧族人在這個島上成立了一個王國，叫做餘糧國，又叫做金鴨國。

現在這個國家——已經成了一個很文明的君主立憲國了，就是金鴨帝國。這餘糧人到底是哪裡來的？為什麼又叫做金鴨國？

有一冊書，叫做《餘糧經》：這裡面有三篇故事，都是講餘糧族人的來歷的。第一篇叫做〈山兔之書〉，第二篇叫做〈鴨寵兒之書〉，第三篇叫做〈金蛋之書〉。我就把這三篇的經文都抄在這裡吧。

第一篇　山兔之書

金鴨上帝是一隻神聖的鴨子。全身的毛是金的。

有一天，金鴨上帝忽然生了許多蛋。這些蛋都變成了人，有女子，也有男子。

金鴨上帝說：

「從此以後，你們就叫做『人類』。你們會有許多子孫。我還要造出天地萬物來，使你們能夠生活。」

於是就有了天地萬物。於是金鴨上帝的子孫繁殖了起來。

金鴨上帝對人類說：

「你們都是我親生的孩子。你們每一個人都可以得到我的愛。你們每個人都有一份口糧。我給了你們無數無數的糧食。使你們不至於餓死。」

有一個女人，叫做山兔。山兔是金鴨上帝的孫女。這時候山兔就問金鴨上帝：

「親爺爺！您給我們的糧食放在哪兒呢？我可沒看見哪。」

金鴨上帝微笑說：

「傻孩子！你看看陸地上，這不是有糧食嗎？你看著水裡，這不是有糧食麼？糧食放在陸地上，放在水裡，放在世界各處。你們一定要去找，要去想法取得，你們才會有吃的喝的。你們要是偷懶呢，你們就找不到糧食。孩子們，好好的過活吧。」

於是大家去找東西吃。採果子，打獵，捉魚。大家找到了糧食，就放到山兔跟前。山兔就把這些糧食分給大家。第二天，大家又出去找糧食。

這樣做一天，只夠一天吃的。

山兔嘆氣說：

「唉，我很擔心。我老是覺得害怕。我怕凶猛的野獸傷害我們的人。我怕天氣太冷了，凍死我們的人。我又怕我們會挨餓。我們今天找到了糧食，剛夠今天吃的。要是明天打不到一條牛，捉不到一條魚，我們明天就會挨餓。」

金鴨上帝就撫摸山兔的頭，對她說：

「好吧，我使你們有餘糧吧。我使你們在今天吃飽喝飽之外，還有餘糧吧。」

於是金鴨上帝賜給人類許多燧石。把石頭一敲開，中間就有一塊硬心，可以拿來做石頭斧子。

金鴨上帝又把火賜給人類。又賜銅。後來又賜鐵。山兔他們這就製造飛刀，製造弓箭，製造弩箭，製造鐵斧子。

大家拿了這些東西去打獵，去捉魚，就方便得多了。野獸也容易打到手。魚也容易捉到手。大家忙了一天，吃飽了，還剩下了一些糧食。山兔說：

「這是祖父賜給我們的餘糧。」

全族的人都感謝金鴨上帝，跳舞給金鴨上帝看。鼓聲震動了天地。大家都非常快樂。金鴨上帝也非常高興。然後金鴨上帝撫摸每一個人的頭，對大家說：

「你們有了餘糧，就該讓山兔他們好好保藏起來，不要隨便糟蹋。等到你們找不到吃的時候，山兔他們就把這些餘糧拿出來給大家吃。以後你們就該叫做餘糧族。將來你的子孫要是問你：『為什麼我們要叫做餘糧族？』你就告訴他們：『因為上帝使我們製造很好的弓箭，告訴我們很好的找糧食的法子，教我們種地，養家畜，於是我們族上有了餘糧，

所以我們叫做餘糧族。』這樣，就使你們的子孫記得這件事情。」

後來金鴨上帝又教給大家種麥子，種稻子。製造了犁，製造了耙，養牛馬來犁田。從前山兔他們用棒犁田，六個人犁一整天，只能犁一丘田。現在只要一個人，只要半天工夫，就犁了一丘田。

餘糧族人跳舞的時候，就唱歌給金鴨上帝聽：

「從前一天到晚忙，
有時可要打饑荒。
現在我費半天力，
吃飽還能有餘糧。」

於是金鴨上帝又對他的子孫們說：

「我的孩子！現在你們有了餘糧，可是你們不要懶惰下去。你上半天費了半天力，就吃飽了還有得剩，那麼你下半天做什麼事呢？難道下半天就閒著麼？唉，孩子！你們要做的事情多得很哩。你們該去紡紗織布，讓大家有衣裳穿。你們該去造房屋，讓大家有安全的地方住。你們該去造船，讓大家可以過江渡海到遠處找東西來。」

於是金鴨上帝又對他的子孫們說：

「我的孩子！要是老大種田種得好，就讓老大種田。要是老二織布織得好，就讓老二織布。老大仍舊該種一整天的田，因為老大要替老二種一份。老二仍舊織一整天布。因為老二要替老大織一份。那麼老大雖然不織布，也有衣裳穿。老二雖然不種田，也有飯吃。這樣，大家都不會餓死凍死。

孩子們！你們只要彼此親愛，沒有私心，大家都努力做活，你們的餘糧就會多起來。」

於是金鴨上帝又對他的子孫們說：

「我的孩子！現在你們有了餘糧，你們就可以把餘糧去跟別族的人換東西了。你們餘下了許多布，別一族餘下了許多鐵。你們要用鐵，你們就可以把你們餘下的布，去換他們的鐵。

「我的孩子！現在你們有了餘糧，可以多養活一些人了。那麼你們可以收異族的人來做你們的義子，幫你們一同做活，就多了一個幫手，使你們更富足了。

你們的義子，雖然是異族裡來的，我也認他為我的子孫。只要他肯守我們這一族的規矩，我也一樣的愛他。」

就這樣，金鴨上帝的子孫餘糧族富足起來了。

第二篇　鴨寵兒之書

我是誰？我就是鴨寵兒。我是金鴨上帝的五十八代孫子，叫做鴨寵兒。金鴨上帝最寵愛我，所以我叫鴨寵兒。

山兔之書，是我們的祖先寫的。可是還有一些事情，山兔之書裡沒有講到。金鴨上帝寵愛我，所以給我靈感，來寫一部福音。

金鴨上帝的子孫啊！你們一定要相信我所說的，你們就有福了。

我的祖宗金鴨上帝是一隻鴨子。有一天，忽然一時高興，就生了一個蛋。後來這個蛋就變成了一個小鴨子。金鴨上帝又造天地萬物。

有一天，金鴨上帝又忽然一時高興，拉了一泡屎。後來這一泡屎也成了一隻鴨子，又是一隻母鴨。

金鴨上帝叫那隻小鴨子跟這隻母鴨結成夫婦。他們結了婚，就都變成人。金鴨上帝就把這兩個人取了名字：男的叫做鴨神，女的叫做鴨糞女神。金鴨上帝對鴨神說：

「我賜一個妻子給你，使她伺候你，娛樂你。女人是糞變的，是不潔淨的東西，所以女人必須聽命於男人。」

鴨神住在天堂裡享福。一點也不勞苦，快樂得很。

金鴨上帝嘴裡常常吐出火來，使天地發光，發熱。鴨糞女神看見了，就對鴨神說：

「上帝嘴裡所吐的火，一定是一件寶貝。你何不去偷來呢？」

鴨神就把火偷來了。金鴨上帝大怒，說道：

「你們竟偷我的東西！我要重重處罰你們！」

鴨神帶著鴨糞女神跪下來求饒，對金鴨上帝痛哭懺悔，眼睛裡哭出血來。

金鴨上帝仍然發怒，說道：

「偷人家的東西，是不能饒恕的。我罰你們到世界上去：你們必須勞苦，才可以生存。你們以後要生男育女，使你們受家庭負擔的痛苦。」

於是鴨神和鴨糞女神就降落在世界上。他們必須親自去做活，才能夠養活自己。他們生了許多子女。他們的子女又生了許多子女，都是這樣勞苦著。

後來金鴨上帝不忍了。金鴨上帝說：

「我饒恕你們了。但是你們不能再回到我那裡去跟我住，因為你們已經成家立業，各有各的產業了。我可以賜給你們餘糧。你們就叫做餘糧族。」

餘糧族人雖然有了餘糧，總還是要自己動手來操作。皮膚不能夠細嫩。衣裳不能很乾淨，因為有汗。從前住在天堂的時候，可多麼快活啊，多麼享福啊！

有一位先知，就跪在祭壇面前，叩問金鴨上帝：

「至高無上的全能的上帝啊！你生出我們來，難道是叫我們來吃苦的麼？我們必須勞苦，才可以生存麼？」

金鴨上帝說：

「我饒恕你們了。我要使你們有福。將來餘糧族會要有一個人，叫做鴨寵兒。鴨寵兒是我最寵愛的，我會要使他更有福。你們要相信他的話。」

於是金鴨上帝抓起來一大堆小石子，往地上一撒。每一顆小石子就立刻變成了一個人。這裡面也有男子，也有女人。這些人就叫做「石人」。石人就種起田來，織起布來，釀起酒來。石人們都做著活，養活自己。石人們也有餘糧。

於是金鴨上帝對餘糧族人說：

「看哪，這裡有許多石人。我把石人賜給你，讓石人們來伺候你。石人們該替你去種田，替你去織布，替你去做種種事。」

有一位先知就叩問金鴨上帝：

「眾神之神的上帝呀！請你告訴我，石人要不要吃飯呢？要不要穿衣服呢？要不要住房子呢？」

金鴨上帝就說，石人跟人一樣，也要吃，也要穿，也要住。石人也要做活，要替他自己找糧食，他才能夠生存。

於是那位先知愁眉苦臉，跪在祭壇面前說：

「石人既然要替他自己找糧食，為他自己做活，他哪裡有工夫替我做事呢？」

於是金鴨上帝賜了餘糧給石人。金鴨上帝說：

「石人替他自己找食糧，吃飽了還有餘糧。我叫他們把他們的餘糧獻給你，因為我要你做他的主人。一個石人如果做了半天活，就有一天的糧食，那麼他下半天再替你做半天，就夠你一天的糧食。你就不必自己勞苦，而又有得吃的了。如果你有兩個石人，兩個石人把他們下半天做活做來的餘糧，給了你，你就不必自己勞苦，而又有兩天的糧食了，你就有富餘了。如果你有更多的石人，你就更富足了。我跟你們約定：我要使你們享福。」

於是餘糧族人有了許多石人。金鴨上帝吩咐餘糧族人的先知：

「石人要偷懶，你可以鞭打他。石人要是不如你的意，你可以賣掉他。石人要是犯了罪，你可以處死他。石人不是我的子孫。石人是專門伺候我的子孫的。你們要是擄來了異族的人，你可以把那些異族人做你的石人。」

後來餘糧族裡面，有人犯了罪。金鴨上帝大怒。金鴨上帝說：

「你們聽著！你們都是我的子孫，但是我現在不能一律平等地愛你們了。因為你們裡面有罪人，也有好人。我要降禍於罪人，賜福於好人。我要叫鴨寵兒降生世間，叫鴨寵兒把我的教訓傳給你們。」

鴨寵兒這就降生世間。鴨寵兒是一個大祭師，又是一個先知。上帝賜給鴨寵兒幾所大莊園，糟坊，礦山，房屋，還有十幾艘大船。上帝賜給鴨寵兒許多許多石人，還賜給鴨寵兒七個美好的處女做妻妾，還有美好女石人娛樂他。鴨寵兒是金鴨上帝所最寵愛的。

鴨寵兒是誰？就是我。

我父親也是金鴨上帝最寵愛的。我父親把他的產業，傳給我和我的弟弟。但是金鴨上帝對我說：

「你弟弟是一個罪人！你弟弟心裡並不敬服我。我要給你弟弟取一個罪名，叫做逆子。你父親的產業應該只給你一個人，不可以分給逆子。逆子應當去另外謀生，自己做，自己吃。」

我就照金鴨上帝所吩咐的做去。金鴨上帝罰逆子去吃苦，逆子就很吃苦，要勞苦才能生存。金鴨上帝是萬能的。

有一天，逆子到我家裡來，對我跪下哀求：

「我的哥哥！我的妻子病了，我太窮了。你有這許多石人獻餘糧給你，你有吃不了的好飲食，有用不了的金銀。我呢，可找不到吃的了。經上說：『等到你找不到吃的時候，山兔他們就把這些餘糧拿出來給大家吃。』我的哥哥！請你為了上帝的緣故，救濟救濟我吧。」

於是我叩問金鴨上帝：

「至公平的上帝！我能照山兔的規矩，把我存在倉裡的糧食給逆子吃麼？」

金鴨上帝發怒了，說：

「不能！我吩咐山兔的那些規矩，是從前的規矩。現在你們各人有各人的產業，要劃分得很明白。你有你的產業，逆子不能夠白吃你的。我不許你照山兔的規矩！」

我就跪在祭壇面前，求金鴨上帝饒恕逆子。逆子是我的弟弟，我怎麼能看著他挨餓呢？

金鴨上帝說：

「你可以借錢給他。他應當出利錢給你，他應當到期還清。借錢的時候，他應當有東西抵押給你。」

但是逆子不為金鴨上帝所寵愛，所以窮得很，沒有東西可以押在我這裡。於是金鴨上帝對我說：

「他沒有東西可以作抵押，那就拿他自己的身子作抵押。如果他到期不還你的錢，他就做你的石人。」

我照金鴨上帝的意思做。後來逆子到期不能還清我的錢，逆子就做了我的石人。一切都是照上帝的意思做的。

但是逆子不聽我的話。有一個異族商人，要向我買許多鑲金雕花茶盤。我叫石人們在一天以內雕好。但是逆子不聽我的話，在一天以內沒有雕好。金鴨上帝就叫我鞭打他。我就鞭打他。

逆子舐乾自己身上的血，哀哭起來，說道：

「唉，我的哥哥！上帝說，『你們都是我親生的孩子。你們每個人都可以得到我的愛。』又說，『你們要彼此相愛，沒有私心。』唉，我的哥哥！你一個人獨得了父親的產業，還使我做了你的石人，又鞭打我。」

金鴨上帝聽見了這些話，就大怒。金鴨上帝對我說：

「你去對逆子說：『我所做的事，都是上帝叫我做的。凡是石人，就不能得到上帝的愛。你講了那些話，就是誹謗上帝，就是不敬上帝。上帝要降災於你。』你去對逆子這樣說。」

我就對逆子這樣說。這時候有幾個石人逃走了。我怕又有石人再逃走，就把石人的腿用鐵鍊子鎖起來。也把逆子的腿鎖起來。後來我的舅舅拿一筆錢給我，對我說：

「我出一筆錢給你，要贖出逆子來。」

我的舅舅把逆子贖了出去，逆子就自由了，不當石人。逆子在我這裡當了二十年石人。這都是上帝的意思。我是照上帝的吩咐做事的。

石人是上帝遣來替我們做事的，但是城裡有許多許多石人，忽然被魔鬼抓去了。那許多石人打壞了許多東西，逃了出去。他們逃到了一個地方，成了一個石人村，要自己做活自己吃，不替我們做事。

金鴨上帝大怒。金鴨上帝對我說：

「你去告訴餘糧族的王，你去告訴所有的餘糧族人。石人村的人犯了大罪，你們應當去討伐他們。」

於是我們攻進石人村，把石人村的人全都殺掉。我們就在石人村裡建一個祭壇，感謝金鴨上帝。

我又得了靈感，我就一個人走上祭壇。金鴨上帝的聲音在我心裡說話，我要教訓大家。

金鴨上帝的聲音在我心裡說：

「你們各有各的產業，不許彼此侵犯。石人也是你們的產業，所以你的石人就歸你調度，歸你處置。石人不許吃一切肉類，也不許吃一切魚類，只要不餓死就夠了。這樣，石人獻給你的餘糧就可以更多些了。

「你們的弟兄，有借錢不能還的，就要做債主的石人，我准你們買賣你們的產業，所以你們也可以買賣你們的石人。你們跟人家做買賣的時候，彼此都要公平。你們跟人家打仗的時候，你們要勇敢，你們擄得敵人的東西，又擄來敵人做石人，你們就更富足了。

「你們所得石人的餘糧，應當拿十分之一獻給我。凡是獻給我的東西，都交到大祭司手裡。凡是靠近我的神壇來祈禱的人，必須穿金線花紋的錦緞祭服，手裡拿著純金的杖，頭戴七十二顆紅寶石的『金鴨冠』。女人要用鹿乳沐浴，拿麝香熏過。身後必須跟隨十二個男石人，十二個女石人，頭頂祭物。不是這樣，就不准他靠近我的神壇。凡是能靠近我的神壇來祈禱的人，就是我所寵愛的，我賜福給他。」

金鴨上帝在我心裡說了這些話，就沒有聲音了。於是我站起來，告訴餘糧族的王，告訴所有的餘糧族人。

金鴨之子孫啊！被金鴨上帝所寵愛的人有福了。看哪，鴨寵兒有那樣多的石人，有那樣多的餘糧使他享受。鴨寵兒到底是誰？就是我。

金鴨之子孫啊！所以你們要相信我的話，因為我的話就是金鴨上帝要說的話。

第三篇　金蛋之書

金蛋是金鴨上帝的八十二代孫。金蛋是金鴨帝國的史官。金鴨上帝命金蛋，把金鴨帝國的來歷寫出來。金蛋就把這些事情記在下面。

自從餘糧族有了王，就有了餘糧王國。後來金鴨上帝說：

「國王應當有附庸。國王的附庸應當矢忠於國王。國王應當把國內的土地分封給他的附庸。」

於是國王有了附庸。國王的附庸叫做公爵，叫做侯爵，叫做伯爵，叫做子爵，叫做男爵。餘糧國王對他們說：

「上帝命我做你們的王，上帝把餘糧國的土地賜給了我。現在你們對我忠心，有了功，我就把土地分封給你們。聽哪，你是大公爵。我把海濱一帶地方賜給你。你就住到海濱去。你就叫做海濱大公爵。海濱一帶地方是你的國，就叫做海濱公國。海濱公國裡的子民，歸你管理。海濱公國的土地，歸你享有。」

國王又這樣封了別的公爵，又這樣封了許多侯爵，伯爵，子爵，男爵。

海濱公爵就在海濱建築了一個大堡壘。海濱公爵對海濱人說：

「上帝教你們做我的子民。我保護你們。我定出我的規矩來，你們要守我的規矩。你們要聽我的命令。」

於是海濱公國就建立起來了。海濱公國有許多田，有許多許多山，森林，果園，漁場。海濱公爵說：

「這都是我的。金鴨上帝把這些都賜給我了。」

海濱公爵也有許多附庸，矢忠於海濱公爵。還有許多將官，許多兵，也是矢忠於海濱公爵的。

有許多許多海濱人，耕了海濱公爵的田。有一位祭司說，這些耕田的人都是牛變的，腳上又有泥，應當叫做「泥腳牛」。海濱公爵就對這些泥腳牛說：

「聽哪！你們都不識字，沒有讀過經。經上說，鴨寵兒有許多石人。石人所種出來的糧食，一粒也不歸石人自己所有。石人種出來的果子，一顆也不歸石人自己所有。

「聽哪！你們是石人的子孫。但是金鴨上帝已經饒恕了你們，不再叫你們當石人。金鴨上帝說你們當泥腳牛。金鴨上帝說，你替你自己種出來的一份口糧，可以歸你自己處置。至於你種出來的餘糧，就應當獻給海濱公爵。因為土地是海濱公爵的。海濱公爵是你們的領主。」

這些泥腳牛跪倒在海濱公爵的腳下，說：

「我們聽公爵的吩咐。公爵爺爺是我們的主人。」

海濱公爵就問一個泥腳牛：

「你要種多少畝地，才夠你一家人的糧食呢？」

那個泥腳牛說：

「上帝所寵愛的貴人啊！我只要種五畝地，種一年，就夠我一家人整年的糧食了。要是我種十畝地，我就多出一年的食糧來了。我一年能夠種十畝地。」

海濱公爵就吩咐那個泥腳牛：

「那麼你去種十畝地。五畝地所出的糧食，夠你一家人的糧食，就歸你。還有五畝所出的糧食是餘糧，就獻給我。這是上帝吩咐的。」

海濱公爵又這樣吩咐別的泥腳牛。那些泥腳牛就種了海濱公爵的田，把餘糧獻給海濱公爵。

海濱公爵又對海濱人說：

「聽哪！你們都是我的子民。你們在我的領土裡做工，做生意，你們得到了我的保護。所以你們無論哪一行人，都要拿一部分餘糧獻給我。這是金鴨上帝的意思。

「聽哪！泥腳牛不許離開我的土地。一個泥腳牛，終身是泥腳牛。泥腳牛的子孫也是我的泥腳牛。泥腳牛生了孩子，死了人，都要稟告我。泥腳牛的結婚，也要經過我的許可。這是金鴨上帝的意旨。」

有一年鬧旱災，地裡收成不好。有幾個泥腳牛走開了。那幾個泥腳牛想逃到別處去謀生。海濱公爵就派兵把他們追回來，把他們腳斬掉，又吊起來鞭打，鞭打了七天，就把他們殺掉。海濱公爵說：

「看哪！泥腳牛要逃出我的土地，就有這樣的刑罰。金鴨上帝叫我處死這些逃走的泥腳牛。」

這都是照金鴨上帝的意思做的。於是金鴨上帝對餘糧國人說：

「餘糧國國王是我所寵愛的。國王不是人，是神，稱為『鴨神』。王后稱為『鴨糞女神』。國王的子孫，也是我所寵愛的。有爵位的人，也是我所寵愛的。我也寵愛他們的子孫。他們的子孫都是貴族。所有的祭司，是伺候我的，我也寵愛他們。替祭司種地的泥腳牛，也不能少獻一粒餘糧。

「凡是貴族都不能跟平民結婚，因為貴族天生比平民高貴。貴族照我的法律，命平民獻什麼，平民就該獻什麼。」

金鴨上帝又說：

「貴族犯了罪，平民不准講話。平民不准說，『我的領主有罪。』貴族有罪，歸我裁判，歸國王裁判。平民不能評議他們的領主。」

海濱公爵是敬畏金鴨上帝的，一切都照金鴨上帝的話去做。海濱公爵說：

「上帝寵愛我，叫我擴大我的領地。」

海濱公國的北邊是草澤侯國。海濱公爵就帶將官和兵，去攻打草澤侯國。草澤侯爵說：

「你和我都是國王的附庸，都是上帝所寵愛的。你為什麼來攻打我呢？」

海濱公爵說：

「上帝告訴我，上帝不寵愛你了。上帝叫我擴大領地，叫我更富有。上帝叫我把你的領土取來。」

草澤侯爵不肯。海濱公爵的軍隊就跟草澤侯爵的軍隊打仗。草澤侯爵打敗了，就把草澤侯國的一半領土，割給海濱公爵。
草澤侯爵不服，去請國王裁判。國王說：
「我怎麼能夠處罰海濱公爵呢？海濱公爵的兵是很強的。」
於是草澤侯爵去找鴨僕大祭司，要請金鴨上帝裁判。鴨僕大祭司說：
「金鴨上帝說，海濱公爵是有罪的。」
海濱公爵聽見了，就帶兵去找鴨僕大祭司。派兵圍住了上帝大寺。
他問鴨僕大祭司：
「上帝果真說我有罪麼？你不是假傳上帝的話麼？」
鴨僕大祭司發抖了，說：
「請你不要發怒。是我聽錯了上帝的話了。上帝分明是說，海濱公爵是無罪的。海濱公爵應當去搶別人的土地。」
海濱公爵跪在祭壇上，感謝了上帝，就回去了。
但是草澤侯爵想要報仇，就又去找鴨僕大祭司，說道：
「我要把侯國失去的一半土地奪回來。如果奪了回來，我就把四分之一的土地獻給上帝。」

這樣，鴨僕大祭司就幫助草澤侯爵。鴨僕大祭司說：

「上帝分明是說，海濱公爵是有罪的，海濱人啊！你們是金鴨上帝的子孫，你們應當相信我的話。你們的領主有罪，你們領主的領地應當全歸上帝所有。你們以後不要聽海濱公爵的話。」

海濱人就說：

「我們相信上帝。」

海濱公爵懼怕起來，就跪在鴨僕大祭司的腳下，說：

「我懺悔了。鴨僕大祭司啊，我願終生做你的僕人。請你不要使我的子民背叛我吧。我願把我土地的一半獻給你，把我子民的一半餘糧讓給你。上帝如果讓我奪得更多的土地，我獻給上帝的餘糧也就更多。」

鴨僕大祭司就叫海濱公爵寫約書，把剛才的約言寫了下來。海濱公爵就帶兵又去攻打草澤侯爵，搶來了許多財寶。把草澤侯爵的妻子擄來做妾，把其餘的人都殺掉。草澤侯爵的領地就歸了海濱公爵。

於是鴨僕大祭司去對海濱公爵說：

「看哪，這是你寫的約書。現在你應當實踐你的諾言了，把你一半的領土獻給上帝，使上帝分享你子民的一半餘糧。」

海濱公爵把約書搶過來，撕碎了，發怒說：

「我為什麼要把我所得的餘糧分給你呢？我的子民啊！你們看哪！我是上帝寵愛的子孫，鴨僕卻要搶我的餘糧。鴨僕是一個假祭司。」

海濱人叫道：

「是真祭司！是真祭司！」

「如果是真祭司，凡人的刀子就殺不死他，殺他的時候還會打雷。我們試試看，看上帝的神靈在不在他身上。」

於是一刀把鴨僕大祭司殺死了。天上並沒有打雷。海濱公爵說：

「看哪，這是假祭司。現在我要一個真祭司。」

這就由海濱公爵國的一位大教士當了大祭司。金鴨上帝賜福給海濱公爵，又使他搶了別人許多土地。海濱公爵死後，把爵位傳給兒子。兒子死後傳給孫子。都姓海濱，都叫做海濱大公。

這時候常常有泥腳牛被魔鬼抓去，逃走了。派兵去追，就打起仗來。五十年中間，打死了五百多個兵，打死了七千多泥腳牛。

海濱公國的南邊，是一個小男國的領地。那裡也有泥腳牛被魔鬼抓去，有一個痞子就殺死了一百多個逃走的泥腳牛。這個痞子就請小男爵賜他一小塊地，稱做騎士，叫做痞騎士。於是痞騎士要擴大土地，常常搶東西，殺人。

小男爵大怒，說：

「那個痞子本是個無賴漢。現在我稍微抬舉他一下，他就殺人放火起來。我要收回賜他的地，把他治罪，因為他做了強盜。」

痞騎士知道了，就帶他的手下人跟小男爵打仗。打勝了。把小男爵一家人都殺掉，就佔有了小男爵的領地，稱做痞男爵。過了一年，痞男爵就帶兵去搶海濱公國的領地。痞男爵說：

「我是草澤侯爵的侄子。我現在替草澤侯爵報仇。」

痞男爵打敗了，逃了回去。大祭司說：

「海濱大公啊！金鴨上帝把痞子交在你手裡了。痞子是惡棍，是強盜，是最下賤的東西。他現在假冒貴族。金鴨上帝說，『無論什麼人，都可以吐唾沫在痞子的臉上。你們要用最惡毒的話詛咒他，要用最下賤的名字稱呼他。』你們要相信上帝的話。」

於是大家都詛咒痞男爵。凡是不詛咒痞男爵的，都有罪。

但是痞男爵在那裡練兵。痞男爵說：

「凡是要享福的，都跟我來。我奪到了海濱公國。就讓你們得到財寶。海濱公國的女人也歸你們。」

痞男爵的將官和兵，都想得到財寶，打仗就非常勇猛。於是打了許多勝仗，搶了海濱公國許多領地。後來又打了兩年仗，痞男爵就攻進了海濱大公的堡壘，把海濱大公殺掉，還殺了許多人。

於是痞男爵把大祭司喊來，對大祭司說：

「上帝叫我繼承海濱的爵位，因為我是當年海濱公爵的曾孫。」

大祭司問：「怎麼是海濱公爵的曾孫呢？」痞男爵怒說：

「你不相信麼？那麼你是個假祭司，我要用海濱公爵的方法來試驗你。」

大祭司趕緊說：

「只要你證明你是海濱公爵的曾孫，上帝就會承認你。」

痞男爵想了一想，就說：

「當年海濱公爵出去打獵，在一個村子裡過夜，不知道那床上有一個人先睡在那裡。那個人就是我的曾祖母。這樣，曾祖母后來就生了祖父。祖父生了父親。父親生了我。我是海濱公爵的曾孫。」

於是金鴨上帝叫痞男爵承繼海濱公國，稱做海濱痞大公。金鴨上帝最寵愛痞大公擴大領地。痞大公打了許多仗，餘糧國三分之二的土地就歸了痞大公。痞大公就稱餘糧痞大公。

金鴨上帝就叫大祭司告訴餘糧人：

「上帝差痞大公降生世間，所以你們要聽從痞大公，把餘糧獻給他。痞大公是貴族中的貴族。金鴨上帝說：『無論什麼人，都要尊敬痞大公。你們要用奴隸待主人的禮待他。凡是能夠做痞大公的附庸的，都是我所寵愛的子孫，我也賜福給他。』你們要相信上帝的話。」

於是大家尊敬痞大公。凡是不尊敬痞大公的，都有罪。

痞大公把女兒嫁給國王，做了王后。王后沒有生兒子。

痞大公的孫子，是個矮子，叫做餘糧矮大公。矮大公說：

「我活像一個鴨子，所以我是一個天生的鴨神。」

於是矮大公帶兵去見王后，對王后說：

「姑母啊，你沒有兒子，我給你做兒子吧。我來承繼王位。」矮大公就把國王殺掉，登了王位，稱做矮大王。凡是不服矮大王的，全都殺掉。一共殺死了三十八萬六千人。

矮大王就在石人村遺址，建築了一座最華麗的大京城，叫做帝都。把石人村的祭壇，改築一座偉大的廟，叫做金鴨神殿。把餘糧王國改稱金鴨帝國。矮大王是金鴨帝國大皇帝，就是最著名的「至尊強頭短腳道地鴨神痞孫矮子大皇帝」。

金鴨上帝叫矮子大皇帝建立了一個偉大的帝國，就建立了一個偉大的帝國。金鴨上帝寵愛大皇帝，把全國的土地賜給他，把全國臣民交在他手裡。

於是金鴨上帝說：

「金鴨帝國是屬於大皇帝的。你們要獻餘糧給他。他的話，就是我的話。你們都要聽從他。就是大祭司也要聽從他。

「你們不可惹他發怒。他發了怒，就能殺你們。他殺你們，是沒有罪的，因為我把你們交給他管了。他的話就是法律。誰也不能干涉他。

「你們要為他去打仗，替他造宮殿。你們要使他更富足，要設法娛樂他。他是神聖的，因為他不是人，是鴨神。你們不能議論他。他出來的時候，你們每家應當關了門窗，不許窺看他。凡是對他不敬的，就犯了不敬罪。」

金鴨之子孫啊！你們應當服從大皇帝，也就是聽從上帝。

矮子大皇帝是餘糧國的兒子，以後千代萬代，都是鴨神，金鴨上帝寵愛大皇帝和他的帝國。

第一卷

一

金鴨帝國有一個小城市，叫做吃吃市。自從金鴨帝國立憲以來，這吃吃市倒出了好幾位大人物。還出了一位頂闊的大人物，叫做——叫做——唉呀！他的名字在金鴨人裡面要算是最高貴了，叫做大糞王。他從前做過肥料生意。他有一所很大的工廠，把大糞做成一塊一塊的餅，賣給農夫去肥田。就這樣，他得了這麼一個好名字。金鴨人都說：

「我們的皇后是鴨糞女神。大糞王也沾上了這個高貴的『糞』字。怪不得大糞王會這麼闊氣哩。」

本來——大糞王並不很闊氣。他從小就死了父親，接著母親也死掉了。只有一個伯父帶著他。他伯父在一家當鋪做廚子，兩隻手老是油膩膩的，一會兒切菜，一會兒掌鍋。這麼賺來一點兒工錢，就養活一家人。

伯父自己也有一個兒子，叫做阿叱，比大糞王大一歲。伯父還送阿叱和大糞王進學校。伯父說：

「只要你們兩個孩子爭氣，我就高興了。」

大糞王很聰明，功課很好。從前金鴨帝國的小學生——個個都要讀《餘糧經》。大糞王讀經讀很很熟，還能夠解釋經文的意思。先生拍拍大糞王的腦袋瓜：

「唔，這孩子將來可以當一個教士。」

可是大糞王看見那些教士——都窮得像叫化子一樣。大糞王對阿叱說：

「我將來一定不當教士。現在的教士多寒傖啊！——人家又不獻餘糧給他，只請人家捐錢給他。我要有石人替我做事，我就享福了。」

阿叱可在那裡出神。老半天不開口，後來嘴裡忽然「嘖！」的一聲：

「我將來要發財。嘖！賺許多許多的錢，許多許多！我要開一家便便當鋪。便便當鋪的老闆真闊，他真享福。」

說了，就跟大糞王到便便當鋪去玩。這時候伯父正在廚房裡忙著，一個一個聽差端著菜往裡面走。阿叱咽了一口唾涎：

「這一定是便便先生吃的菜。」

這兩個孩子就這樣一起玩，一起讀書，長到了十幾歲。大糞王漸漸的有點看不起阿叱：阿叱簡直是個蠢孩子。大糞王呢，可什麼事都留心。大糞王常常在便便當鋪裡玩，肚子裡就明白了：

「哈，便便先生是這樣賺錢的！」

伯父還是送這兩個孩子讀書。伯母要送這兩個孩子在便便當鋪做學徒，伯父怎麼也不肯。

可是大糞王到了十五歲，伯父就害病死掉了，伯父沒留下什麼錢。伯父臨死的時候說：

「我死了之後，你們就往鄉下去。鄉下有幾間破屋子，夠你們住了。」

唉，再算算看，看伯父還留下什麼東西沒有？

嘖，沒有！只還有兩個茅廁。

大糞王就痛哭起來：

「哎哎！哎哎！兩所茅廁有什麼用呀！——又不能吃，又不好玩。」

「唉！」伯父有氣沒力的嘆了一聲。「你的伯父太窮了，讓你伯母替人家縫縫衣裳，養活你們吧。此外——茅廁裡的大糞還可以賣幾個錢。」

伯父一死，阿叱和大糞王就跟著伯母住在鄉下。現在進不起學校了。伯母埋怨起伯父來：

「你伯父生前要是肯聽我的話，把你們送到便便當鋪做學徒，就比現在好得多了。如今你伯父一死，誰介紹你們去便便當鋪呢？」

大糞王只是想：要撈一點錢來才好。一定要想法子在什麼地方撈一筆錢來。

他一面想，一面踱出門外。這鄉下真寂寞得很，到處都是田，人家少極了。望過去——只有北邊山腳下有一家人家，聽說那家人家有八十畝田哩。

大糞王在肚子裡說：

「我要是做了海濱公爵，我就派兵把那一家的田地搶來。」

大糞王手下可沒一個兵，只有一個阿叱——傻不拉幾的，只會說：

「到城裡玩去！到城裡玩去！城裡好玩得多。」

阿叱就拖大糞王到城裡去。

這時候有一個農夫也上城裡去，背著一個大包袱。

「你這包袱裡是什麼呀，這麼大？」大糞王一面走一面問。

原來那個農夫的包袱裡是被窩和衣裳——要送到便便當鋪裡去當的。這個農夫欠了債，還不起，債主逼得很凶，於是只好把被窩衣裳拿去當掉，當幾個錢來還債。

「你今晚要在城裡歇夜吧？」大糞王又問。

「呃，我當天要回來的。」

阿吒插嘴：

「那我們同你一起回來。去也是同路，回來也是同路。好極了！」

「那你們只怕等不得那麼久，」那個農夫說。「我還要向一家親戚去借錢哩。總要晚邊才能回來。」

於是大糞王和阿吒跟那個農夫一路進了城。在城裡只玩了一會兒，大糞王就一定要回去。阿吒也只好依了他的。

可是走到一個小樹林裡，大糞王就叫阿吒坐下來休息。這裡一個人也沒有。樹林外面有一條溪水，嘩嘩嘩的在那裡響。

太陽慢慢落了下去。這裡慢慢黑了起來。

大糞王心裡早就打定了一個主意。這時候大糞王把這個主意告訴了阿吒，就跟阿吒動起手來。於是他倆拿一些泥土塗在臉上，躲在小路邊等著。

後來那個當包袱的農夫走來了。大糞王和阿叱猛地跳了出來，把那個農夫掀倒在地下，把他袋子裡的錢一把搶走了。

那個農夫又是嚷，又是哭。可是大糞王和阿叱已經跑得遠遠的了。然後他倆在溪水邊把臉洗乾淨，大模大樣走回家。再偷偷地把搶來的錢數一數——嚇！五十塊！

這時候伯母正躺在床上。她常常要在床上躺躺的。伯母正要問這兩個孩子為什麼回來得這麼晚，忽然聽見外面——

「有強盜哇！有強盜哇！」

一聽就知道是那個農夫。他一面走，一面叫，有些人家聽見了，就驚驚慌慌地跑出來打聽。那個農夫又是哭，又是嚷，又是說。他好容易想法子籌了五十塊來還債，可給別人搶去了。

大糞王和阿叱吧嗒吧嗒跑了過來。大糞王很可憐那個農夫：

「唉，可憐！唉，你的錢被人搶走了。你現在怎麼辦呢？」

「我沒有辦法，我沒有辦法！」那個農夫又哭了起來。

什麼？沒有辦法？不要著急，大糞王有的是辦法。

「唉，你真可憐！」大糞王又嘆了一口氣。「我是沒有錢的。我伯父臨死的時候，給了我五十塊錢。我就把那五十塊錢借給你吧。」

那個農夫感激得了不得，差不多要把大糞王抱起來了：

「唉，你真是好人，你真是好人。金鴨上帝一定賜福給你。你每個月要多少利錢呢？」

後來就講定了。一年之後還清。每個月的利錢是二十塊錢。

阿吒快活得直跳：

「我們兩個人發了財了！哈，發了財了！」

大糞王可還有點不快活。他在肚裡划算著：

「借給那個農夫的五十塊錢，是我跟阿吒兩個人的。要是沒有了阿吒，就是我一個人的了。」

大糞王晚上上了床，就想：錢越多越好。大糞王早晨起了床，就想：錢越多越好。

有一天，大糞王和阿吒在那個農夫那裡取來了一個月的利錢。一個人得十塊。睡到了半夜裡，大糞王就悄悄地把阿吒搖醒。

「起來起來！我跟你到北邊村子裡去賭錢去。」

「賭錢去？」阿叱一咕嚕爬了起來。「那怎麼不好呢？」

「小聲一點！不要給伯母聽見！」

這兩個人就偷偷地爬出了窗子，偷偷地往北走。到了北邊山下那一家人家門口的時候，大糞王就掏出一條大手巾來，一下子把阿叱的嘴巴鼻子堵住。阿叱倒了下去了，大糞王使勁勒住阿叱的脖子，一點也不放鬆。

大糞王還怕阿叱沒有死，又找塊大石頭——在阿叱腦袋上砸了十幾下。於是把阿叱的屍首往那家人的籬笆裡一丟，偷偷地跑回家，仍舊睡到了床上。

第二天可就出了大事。大糞王和伯母找阿叱，在那家人家裡找到了阿叱的屍首。這就大哭大鬧起來。不用說，阿叱當然是被這家人家打死的。那不行，非打官司不可！要那家人家抵命。

然而那家人家最怕打官司。大糞王就說：

「如果不打官司呢，那麼他們就要賠錢，要賠田！」

結果是賠了四十畝田，還賠了五千塊錢。不打官司了。不過出了人命案要報官，就說阿叱是自己不小心跌死的。

這麼著，家裡就有了四十畝田，還有五千塊錢。伯母本來身體就不好，阿叱死了又天天傷心，就老是病在床上。於是伯母讓大糞王來管理這些錢財。

大糞王就把這四十畝田租給別人去種。

大糞王告訴伯母：

「我們現在也有泥腳牛替我們種地了。他們每年要把他們的餘糧繳給我們。您可以享享福了。」

「唉，要是阿叱活在這裡就好了，」伯母又淌下了眼淚。「現在只有你——唉，只要你爭氣，做好人，我心裡就高興。」

然後大糞王又告訴伯母，那五千塊錢都放了賬。大糞王是很精明的，不怕人家賴帳，因為——

「因為有抵押。有的押房子，有的押田，有的押東西。到期不還，這押頭就歸了我們，我的法子跟便便當鋪的法子一樣。昨天老牛向我借了二十塊錢，他把他的五畝田當給了我。」

伯母可吃了一驚：

「五畝田只當二十塊錢？——這太對不起老牛了，孩子。」

「他要錢要得急，我就問他要五畝田，」大糞王說，「今天老羊問我借一百塊，我要他每個月出二十五塊錢做利錢。」

「唉，他怎麼出得起這麼重的利錢呢？」

「管他哩！他自己去想法子。他只要多做點活，就行了。」

就這麼著，錢一天一天的多了起來。於是又拿出去放債，利錢就更多，人家又常常拿東西來當，就好像是一家小當鋪一樣。大糞王又在大路邊造了幾所公共茅廁，把大糞賣給人做肥料，又賺了許多錢。他這就得了這麼一個高貴的名字：大糞王。

大糞王什麼事都告訴伯母：

「有人當了一塊地皮給我們，在吃吃市城外。有一個學校問我借錢，利錢並不多，不過學校茅廁裡的大糞歸我。」

伯母什麼事都不管，都讓大糞王去做主。伯母只是說：

「總要對得住良心才好。不要太刻薄人家了。」

「唉，伯母真是好人，」大糞王想，「要是聽了伯母的話，就賺不了大錢了。」

正在這時候，忽然有一個小孩子走了進來，一面繫褲帶一面叫：

「大糞王！剛才我在你糞缸里拉了一泡屎，你給我幾個錢吧！」

「什麼！」大糞王跳了起來，「你拉你的屎，要我給你幾個錢？」

「怎麼，我拉了一泡屎給你，你拿去賣錢，你不該給我一點錢麼？」

大糞王可發起火來了：

「放屁！你在我地裡拉了屎，這屎就是我的。這塊地是我的，無論地裡長出什麼，掉下什麼，都得歸我。誰叫你在我地里拉屎？你拉一泡屎還想賣錢麼？你放一個屁賣不賣錢？滾你的蛋！你不走我揍死你！」

「唉，」伯母又嘆了一口氣，「讓他去吧——小孩子不懂事。」

二

到了第二年，伯母就死了。大糞王哭了起來：

「唉唉，伯母！你那麼愛我，現在叫你你也不應我……」

伯父死的時候，大糞王並不傷心。阿叱死的時候，大糞王並不傷心。如今伯母死了，大糞王倒真正有點傷心。大糞王覺得很寂寞，沒有朋友，沒有弟兄。全世界上只有一個親人，可這個親人又死掉了。

外面靜悄悄的。有時候路上有腳步響，響一陣就走了過去。人家如果不借錢，不談買賣的話，誰來找他大糞王呢？大糞王只一個人坐在那裡。眼睛盯著桌上那一盞燈。一動也不動。他的影子也一動都不動。

大糞王就想：住到城裡去吧，城裡不會這麼荒涼。

不錯。城裡可真夠熱鬧的，有那麼多人。

可是那許多人——跟他大糞王有什麼相干呢？世界這麼大，人這麼多，也都跟他大糞王不相干。於是大糞王又傷心起來。

「我是孤零零的，我是孤零零的……」

他想起〈山兔之書〉的話：「你們要彼此親愛。」

可是誰愛他呢？他又愛誰呢？

「要是阿叱沒有死，就好了，」大糞王嘆了一口氣。「這個世界真寂寞，真太寂寞了。」

這時候忽然——門呀的一聲開了，走進了一個少年。大糞王吃了一驚。

原來那個少年要把金表當給大糞王。

唉，偏偏要在人家有心事的時候來講生意！如果那個少年不是來當東西，只要來跟大糞王談談的——那可就歡迎之至。那個少年跟大糞王差不多的年紀。大糞王真想要問問那個少年——

「你有親人沒有？你有朋友兄弟沒有？有沒有人愛你，有沒有人安慰你，有沒有人關心你？」

大糞王真想要把心裡的話對人家談出來。

然而——那個少年只知道把金表掏出來。還說要當一百塊錢。

「要當一百塊錢？」——大糞王很不高興，懶洋洋地把表拿起來看了一看。這表倒值兩千多塊錢哩。這倒是一個上算的買賣。

唉，偏偏要在晚上來當東西。那個少年一定要錢要得急。門外另外還有幾個人等著，老是喊他：

「格隆冬，當好了沒有？快點拿了錢，我們就走哇！」

「你叫格隆冬麼？」大糞王看一看那個少年。「格隆冬先生，你的表——只能當二十塊錢。」

於是這兩個人就講起生意來。那格隆冬可也十二分精明，就談起這只表是哪一國的出品，是什麼牌子，值得三千塊錢。

「你不要就拉倒，我到別人那裡去當去！」格隆冬把那只金表往衣袋一放，就滿不在乎的樣子走出去。

大糞王可實在捨不得丟了這筆生意，又把格隆冬喊回來。又談了好久，結果當了八十塊錢。於是格隆冬跟門外等著的幾個人——嘻嘻哈哈地往北邊走去了。

屋子裡又只剩了大糞王一個人。大糞王就勸起自己來：

「不要嘆氣了吧，不要傷心了吧。如果阿叱不死，你怎麼會有這許多錢來做生意呢？如果你跟那個格隆冬『彼此親愛，沒有私心』，你怎麼會這麼便宜地得到他的金表呢？」

後來大糞王也漸漸地不覺得寂寞了。大糞王也交了一個朋友：就是那個格隆冬。格隆冬常常到北邊村子裡去賭錢，常常走過大糞王門口，就這麼親熱了起來。格隆冬也是沒有母親，沒有父親。格隆冬住在舅舅家裡。舅舅不准格隆冬賭錢，把格隆冬打了一頓，罵著：

「你這個沒有出息的敗家子！你再賭——我砍掉你的手！」

格隆冬這就賭氣跑了出來，住到朋友家裡。格隆冬告訴大糞王：

「你看！舅舅說我沒出息哩。我要發一點財給他看看。我不發財就不回去。」

「你舅舅很窮麼？」大糞王問。

「哦，並不窮。他是土生織布廠的老闆。」

大糞王跳了起來：

「哈，那一家土生織布廠——原來就是你舅舅家開的！這是一個很大的織布廠啊！你為什麼不幫他做生意呢？」

格隆冬搖搖頭：

「我舅舅腦筋舊得很。他不相信我的話。」

要做生意的話——格隆冬有的是辦法。不過格隆冬自己沒有本錢。格隆冬總想要賭贏幾個錢來。他賭錢的本領是呱呱叫的，有許多愛賭的少年朋友還拜他做師傅哩。

可是有一天，賭場裡的人發現格隆冬在那裡做鬼。這就把格隆冬贏的錢都搶回去，還把格隆冬吊起來打了一頓。他們可還不肯丟手。

跟著格隆冬去賭錢的幾個少年朋友，早就逃跑了，簡直沒有一個人來幫格隆冬。格隆冬這就撒了一個謊，叫道：

「好哇，你們打我！我是坐山虎的好朋友，你們打吧！」

坐山虎是這一帶地方的流氓頭子，賭場都要請他保護的。

可是不湊巧得很。這時候那位坐山虎先生正也在這個賭場裡玩，賭場的人就把坐山虎請出來：

「坐山虎大爺！有一個小夥子帶些小痞子來賭錢，手腳不乾淨，我們正動手揍他，他說他是您的好朋友哩。」

那位坐山虎出來對格隆冬皺著眉毛瞧了一瞧。啊呀，簡直認不得！這可糟了。

格隆冬趕緊就說：

「我叫做格隆冬，是土生的外甥。你是帝國第一個英雄，我常常說，我頂佩服的是坐山虎大爺。我今天見了你的面，死了也甘心了。」

坐山虎微笑了一下：

「這小子倒機靈哩。放了他吧，以後不許他那夥人再進賭場就是了。」

賭場裡的人只好放了格隆冬。不過還叫格隆冬寫一張字，說以後永遠不進賭場。簽了字，打個指模印。然後賭場的人把格隆冬送了出來——可又開了個小玩笑，把格隆冬嘩的一聲推到了一個大糞池裡。

這時候大糞王正走過這裡，就遇見這位好朋友。大糞王一看見就嚷：

「啊呀，這樣一個池子裡有什麼好玩呢？快出來吧。」

格隆冬爬了出來，洗了五個澡，在大糞王那裡吃了晚飯。可是格隆冬再也沒有地方可以安身了，袋子裡也沒有一個錢。大糞王就收他做一個管賬的。

從此以後，格隆冬就幫大糞王做生意，賺了更多錢。大糞王就在吃吃市城外辦了一個糞場。雇一些人來挑糞，做糞餅。大糞王對格隆冬說：

「哈，妙極了。那些挑糞的做糞餅的——做出餘糧來讓我們吃飽了。」

大糞王簡直沒有工夫想到伯母了。一天到晚只是打算著——要怎樣才能夠賺更多的錢。大糞王只是念著：

「總要使別人的錢能夠流到我袋子裡來，我就高興。喂，格隆冬！一定要想個法子——叫大家都來買我的大糞，叫大家都來向我們借錢。」

不錯。一定要做做廣告。一定要請一個很能幹的廣告員來。

於是格隆冬就介紹了一個朋友來幹這件事。

三

格隆冬介紹來的那個朋友，是一個很能幹的角色，口才可更加好了，誰要是跟他抬杠——那總是講他不過。他名字叫做保不穿泡。

大糞王一看見他，就喜歡他：

「哈，我們正要這樣的一個朋友。好極了！」

「可不是麼，」格隆冬插嘴，「現在做生意，要像我舅舅那樣的老法子——就不行。現在我們要搶人家的生意。我們要到處宣傳。寧願多花點廣告費。」

那位保不穿泡先生這就到處去宣傳。他到了一家大飯館裡，對那些吃著大菜的人說：

「諸位！你們知道哪一種大菜最好？——請你們猜猜看。」

別人正把一塊雞肉放到嘴裡，保不穿泡又叫了起來：

「哈，原來是大糞王的糞最好！諸位要是不相信，就請你們去試試看。」

後來保不穿泡又跑到了城裡，東一家西一家地去拜訪吃吃市的名人，哇啦哇啦談著：

「我是來專誠拜訪的，沒有什麼事務。不過我要向您打聽一件事：您知道不知道——我們帝國最慷慨的人是誰？」

接著又說：

「哈，原來是大糞王最慷慨！有幾位大臣還向大糞王借錢哩。」

等到要走了，保不穿泡又小聲兒說：

「可是我還要告訴您一個祕密，不瞞你說，大糞王的大糞倒是呱呱叫的。」

就這麼著，大糞王在吃吃市慢慢地出名了。

保不穿泡的記性真好，誰只要跟他見過一面，他就老是記得，第二次一碰見了，他就好像看見了老朋友一樣：

「哈呀，久違久違！您到哪裡去呀？不過我要告訴您：大糞王的糞可真好。您吃一點試試看吧。」於是掏出一支紙煙來請別人。

晚上一回了家，保不穿泡就嘰哩咕嚕計算著：

「好，今天又認識了五十三個人。有五個人向我們訂肥料。」

到了吃晚飯的時候，大糞王老是要問問保不穿泡：

「今天有沒有聽到什麼好玩的新聞？」

真是。大糞王和格隆冬和保不穿泡都忙得很。只有吃飯的時候可以談談閒天。保不穿泡呢，消息頂靈通不過，要是一講起來——可比報紙上的還多。

這天保不穿泡就講了一些消息：

「便便當鋪的老闆便便先生——要在帝都開一家便便銀行，香噴噴先生開的那一家紡紗廠買了一架最新紡織機，用蒸汽機做發動力的。這比水力紡織機好得多：聽說同時可以轉動三百個紡錘哩。」

格隆冬又發起議論來：

「你看！土生織布廠比香噴噴紡織廠資格老得多，香噴噴的生意倒越做越大了。我的舅舅真頑固！」

「哦，我今天看見你的舅舅，」保不穿泡插嘴，「你舅舅還說你是敗家子哩。不過你舅舅想要找你，叫你回去。」

「那我不回去。」

「不錯。你舅舅還說，香噴噴買了新機器——一定會要點本的。」

格隆冬喝了一口湯，接著就嘆了一口氣：

「唉，我舅舅真不明白！老織機匠從早織到晚，一個人頂多織兩匹布。現在新機器——一個工人只要做十個鐘頭，就有幾十匹布。算算餘糧看哪：你用老機子，要做八九個鐘頭才賺到你一天的口糧。新機子呢，你只要做三四個鐘頭就賺到了一天口糧，要是都是做十二個鐘頭，你用新機子可以多得多少餘糧啊！」

大糞王這就又想起〈鴨寵兒之書〉和〈金蛋之書〉來：

「哈呀，那麼香噴噴就可以賺很多很多的錢！還有許多織機匠，有這許多餘糧——都歸他一個人！還有什麼新聞沒有了，保不穿泡？」

新聞麼？——有的是！

有一個公爵府破了產，那位老公爵的兒子窮得沒有辦法，就在香噴噴紗廠當一個小職員。保不穿泡說到這裡，就高興地叫起來：

「現在那些老貴族可倒了楣了。那些老貴族只會擺排場，只會享福，一點事也不懂。現在他要壓迫平民可辦不到了。誰要賺錢——就得靠自己的本領，要會打主意。這麼著，那些老貴族怎麼會不窮下去呀？今天我就聽說——吃吃市的那位知縣大人就窮得很，想要向便便先生借錢哩。我們這位知縣大人不也是一位貴族麼？」

原來吃吃市的那位知縣大人是一位男爵，叫做格兒男爵。

「便便先生不是在帝都麼？」大糞王問。

「可不是麼？那位知縣大人不能夠馬上向便便先生借錢來，真有點著急。他想要借一萬塊錢哩。」

大糞王正在那裡嚼麵包。這時候嘴就不動了，只盯著保不穿泡的臉出神。大糞王想了起來：

那位吃吃市知縣格兒男爵——要錢一定要得很急。便便先生不在吃吃市，那麼格兒男爵可以向別人去借。可惜格兒男爵不認識他大糞王，要是知道大糞王也可以放債，這就……

可是格隆冬的話聲把大糞王的念頭打斷了：

「這一筆生意我們可以做。我主張把這筆生意搶過來。」

「哈，我正也是這樣想。」大糞王高興得了不得。

於是格隆冬跟大糞王商量了一會：要借一萬塊錢給格兒男爵的話——看要提出一些什麼條件。

然後格隆冬問保不穿泡：

「你認識格兒男爵麼？」

「還不認識。」

「那你就想法子去認識他吧。」格隆冬吩咐著，「這件事要趕快進行。」

保不穿泡是最會交結朋友的。第二天他就跟格兒男爵做上朋友了。

原來格兒男爵每天下午總要到公園裡去一次。保不穿泡知道了，就穿得整整齊齊，拿出一副紳士派頭來，在公園裡等格兒男爵來。

到了下午三點鐘，格兒男爵無論到什麼地方去，總要帶著一杆獵槍，就是到戲院裡去聽戲也帶著。格兒男爵已經七十八歲了，嘴上有稀稀的幾根白鬍子。

保不穿泡趕緊迎了上去，一面鞠躬一面嘴裡哇啦哇啦：

「哦，男爵大人！久違久違！您好麼？男爵大人前幾天有一點兒不舒服，現在可好了吧？我的太太非常想念男爵夫人。那天男爵夫人叫我的太太常到府上去玩，可是我的太太一直沒有工夫。啊，男爵夫人真美麗，不是麼？男爵大人，您能說男爵夫人不美麗？」

格兒男爵剛一看見保不穿泡打招呼，就愣了好一會：不記得這位紳士有沒有見過。後來聽保不穿泡提起男爵夫人，格兒男爵也就想起男爵夫人來了：

「唉，男爵夫人的確很美。不過她臨死那幾年瘦枯了，就沒那麼好看了。」

「什麼！」保不穿泡吃了一驚。「男爵夫人已經死了麼？」

「唉，是啊。她已經死了三十七年了。」

保不穿泡這就長嘆了一聲：

「唉！我真難過得很！誰料得男爵夫人會死得那麼早呢？我的太太也想不到。我的太太跟男爵夫人最要好：男爵夫人死了，我的太太哭了好幾回哩。我也傷心得很。唉唉！」

說了就眨眨眼睛，掉了兩滴眼淚。

格兒男爵感動得很，竟伸出手來跟保不穿泡握手：

「我謝謝你的關切。可是——可是——請你原諒我的記性不好：我記不得你的尊姓大名，也記不得在什麼地方看見過你的了。」

「我是保不穿泡伯爵。」

「哦，你也是一個貴族。唉，好得很。我們一起散散步吧。」

保不穿泡一面陪男爵，一面很親熱地談著：

「男爵大人，我跟你見面的時候並不多，怪不得你不記得我了。我跟您的少爺是很熟的：我們非常要好，總是在一起玩。男爵夫人死的時候，您的少爺一看見我，就把我擁抱起來，哭著對我說：『我最親愛的保不穿泡伯爵！我的母親死了！唉唉，我的母親死了！』唉，真可憐！我就也擁抱他，吻他，安慰他。我們就有這樣要好。」

格兒男爵掏出鼻煙壺來，嘆了一口氣：

「唉，您一定是記錯了，伯爵大人。我一個兒子也沒有，只有三個女兒。」

「記錯了麼？」保不穿泡想了一想。「哦，真是的！的確是我記錯了。不錯，不錯！並不是您的少爺，是您的小姐。啊，現在我完全記清楚了。是的，的確是您的小姐。」

這時候格兒男爵很客氣地把鼻煙壺遞給保不穿泡，請保不穿泡吸一撮鼻煙。

保不穿泡只好吸一點——的一下，可連連打了好幾個噴嚏，連眼淚都給辣了出來。

然而保不穿泡知道——金鴨帝國的貴族總是愛吸鼻煙的，保不穿泡就擦了擦眼淚，裝作很高興的樣子說：

「我頂愛吸鼻煙。啊啾！真愛！」

「伯爵大人，您是不是噴哈幫的？」

原來噴哈幫是金鴨帝國裡一個貴族的政治團體。貴族多半愛吸鼻煙：吸一口，就得把嘴一咂——「噴！」的一聲。然後馬上又很舒服的樣子哈出一口氣來：「哈——」大家這就叫他們做「噴哈幫」。

於是貴族們就說：

「你看，我們吸鼻煙——『噴』的一下，又『哈』的一聲，完全是從容不迫的。這多麼優雅，多麼高貴！你們平民呢，吸不起鼻煙，只能抽紙煙，抽雪茄。都是急急忙忙地在那裡抽，好像來不及似的，嘴裡弄得呼呼地響。這可多麼寒傖，多麼粗鄙！」

這樣，就把平民的政治團體叫做「呼呼幫」。

現在帝國裡面——噴哈幫的議員和呼呼幫的議員是常常吵嘴的。

保不穿泡看見格兒男爵問起他，他就大聲說：

「男爵大人！我最不贊成呼呼幫！我贊成嘖哈幫！到改選的時候，我要幫嘖哈幫演說，叫全國的臣民都投嘖哈幫的票！」

後來又談到鼻煙。又談到打獵。格兒男爵很喜歡保不穿泡了。

「伯爵大人，」格兒男爵叫保不穿泡，「您要是不嫌棄的話，請您到我家裡去吃晚飯。」

保不穿泡鞠了一個躬，謝謝格兒男爵的好意。不過——

「不過我今天沒有工夫。男爵大人，請您原諒，我今天有一樁極要緊的事情要去辦。我向大糞王借了五萬塊錢，今天我要去取款子。」

「大糞王？」格兒男爵想了一想。「這個名字很熟。他很有錢麼？」

保不穿泡這就說開了。大糞王是一個最慷慨的人。大糞王的糞是呱呱叫的。

保不穿泡講到這裡，又嘆了一口氣：

「唉，我現在很窮了。唉，只好向那些商人去借錢。我本來要向便便先生借，可是便便先生做生意太厲害，問我要很多的利錢。我就向大糞王去借。大糞王真是一個很好的人。」

格兒男爵一聽，眼睛裡就一亮。接著也連聲嘆起氣來：

「伯爵大人，我也窘得很。唉，家裡人真多。唉，開銷真大。唉，錢總是不夠用。」

現在既然有大糞王這麼一個好人，格兒男爵就想要請保不穿泡伯爵大人去談談看：格兒男爵要向大糞王借錢。保不穿泡就鞠一個躬：

「我一定替您向大糞王去說。明天就可以答覆。」

第二天保不穿泡就去拜訪格兒男爵：成功了。大糞王原是很慷慨的。

「男爵大人，請您約定一個日子，您去找大糞王當面談一談，就行了。」

格兒男爵非常高興。又親熱地跟保不穿泡握了手：

「唉，我真感激您。」

可是——要叫格兒男爵去找大糞王，這就發生了一個很大很大的問題。這個問題想來想去，都不好解決。格兒男爵皺著眉毛，沒有辦法地嘆一口氣：

「唉，伯爵大人！如今有一個極其麻煩的問題。伯爵大人！我現在既然要向大糞王借錢，這是我求他幫忙。照道理說起來，當然應當先去拜訪他。然而我到底是一個男爵，又是知縣。我先去拜訪大糞王，那不是有失身份麼？這可怎麼辦呢？」

「那麼我叫大糞王先來拜訪您就是了。」

「那可不行，伯爵大人！」格兒男爵叫起來。「您知道的：如今我們帝國——商人的勢力一天一天大了起來。我現在請他幫忙，倒要叫他先來拜訪我。他要是不高興，不肯借錢給我，那就弄僵了。」

保不穿泡這就老實告訴格兒男爵：

「男爵大人，您是用您自己的貴族看法——在那裡推測商民的心理哩。其實他們並不講求這些排場的。他們只要看見有錢賺，有好處可以撈到，就什麼地方也都鑽進去，什麼事都也會去幹。」

不過格兒男爵不放心。後來又跟保不穿泡商量了五個鐘頭。這樣考慮，那樣考慮，總不能夠解決這個大問題。真是！又要格兒男爵不失體統，又要大糞王不見怪，這可真不容易啊。格兒男爵總是嘆氣：

「唉，我從來沒遇見過這樣困難的問題！」

結果是想出了一個折中的辦法。讓大糞王跟格兒男爵在一個飯館裡會面。誰也不去拜訪誰。

「好了，」格兒男爵透過一口氣來，「現在我們當貴族的也只好遷就一點了。現在的一切事也都只能夠用折中辦法。」

於是格兒男爵打發聽差去喊吃吃大飯店的人來。定好座，定好菜。並且還吩咐大飯店裡的人：

「要預備兩張太師椅。我和保不穿泡伯爵都是有爵位的人，非坐太師椅不可。」

到了那天，保不穿泡和大糞王和格隆冬先到了吃吃大飯店。等了好一會兒，格兒男爵才坐了兩輛馬車來了：帶著十二個跟班的，還帶著一杆獵槍。

格兒男爵坐在一把太師椅上。還請保不穿泡坐了一把太師椅。大糞王和格隆冬呢，他們沒有爵位，只能坐普通的黃心椅子。不過格兒男爵一直沒有吸鼻煙，因為格兒男爵想：

「大糞王一定是反對嗐哈幫的。我要是吸鼻煙，他會要不高興。」

唉，真的。只好遷就一點拉倒了。

於是他們很有禮貌地喝著酒，吃著菜。一面很有禮貌地談著天，談著大糞王的大糞。

後來大糞王就答允借一萬塊錢給格兒男爵。大糞王很大方的，連利錢也要得不多，只是有一個條件。

「唉，」格兒男爵嘆了一口氣。「什麼條件呢？」

大糞王鞠了一個躬，很恭敬地說：

「男爵大人，我是做大糞生意的。我的大糞是呱呱叫的：剛才您已經知道了。可是買糞的人太多，我們的糞太少。男爵大人，我要請您答允——把吃吃市所有的大糞都包給我。就是這個條件。」

這裡——格隆冬插嘴了：

「是啊，吃吃市全城有這麼多的糞，要是沒有人來挑，那是很不衛生的。」

格兒男爵一時打不定主意，瞧瞧保不穿泡。保不穿泡就發表起意見來：

「男爵大人！如今我們的這些城市——買賣越做越大了，人越來越多了。這些城市裝了自來水，通了陰溝：新式城市總是要講衛生的。男爵大人！大糞要是不給人來收，那就很不衛生。」

「唉，那真是很不衛生。」

「所以呀，」大糞王馬上插嘴。「我是為了吃吃市全城的衛生，所以我想要叫工人來收乾淨。請您讓我們一家來收，不許第二家來收，這不是很好麼？」

這時候格隆冬就恭恭敬敬拿出一張一萬塊錢的期票，還有一張條約：

「請您簽一個字吧，男爵大人！」

四

從此以後，大糞王的生意更加做大了。吃吃市全城的大糞——都包給了大糞王。大糞王開了一家很大的大糞公司，開在吃吃市的郊外。大糞王還跟格兒男爵做了好朋友。

現在大糞王成了吃吃市的闊人。有大房子，有三輛很好看的馬車，有聽差，有廚子。格隆冬呢，是大糞公司的經理，也是大糞公司的一個股東。

保不穿泡也算是大糞公司的一個股東。保不穿泡認識許多報館裡的人，就常常寫文章去投稿，討論大糞的好處。保不穿泡又愛演講，討論大糞的好處。於是保不穿泡在吃吃市裡也算是個名流了。

大糞王笑嘻嘻地說：

「只要會打主意，就能賺錢。格隆冬的本事真不錯。可是——格隆冬！你從前可真老實啊。你一個金表只向我當八十塊錢！」

「那是你老實，不是我老實。」格隆冬笑了起來。

「怎麼是我老實呢？你那個金表值兩千多塊錢，只當了八十塊……」

「哈，老實告訴你吧，」格隆冬說，「那個表是假的！——頂多只值五塊錢！」

什麼！那筆買賣——上當的倒還是大糞王！哈，格隆冬真會做生意！

於是大糞王更加喜歡格隆冬了。大糞王快活得叫起來：

「保不穿泡！你看！——格隆冬可真行。我有了格隆冬幫我，我什麼都不怕了。」

這時候格隆冬可又想到了他的舅舅土生。

「我的舅舅可真不會做生意哩。我要去看看他老人家。」

舅舅雖然罵過格隆冬沒有出息，格隆冬可常常想起舅舅。舅舅實在有點可憐。現在格隆冬的境況已經好得多了，真應當去看看舅舅了。

格隆冬這就坐了一輛馬車，趕了十二里路，到了土生織布廠。

舅舅正戴著老花眼鏡，在那裡翻帳簿。聽見有人叫「舅舅」，就把眼鏡取下來，看了一看，愣了一會，忽然眼睛發起亮來：

「啊，你！——到底回來了！」

這裡——什麼東西都還是老樣子，只是屋子更舊了些舅舅更老了些。舅舅說：

「聽說你在那裡幫一個什麼大糞王做買賣。還好吧？你為什麼不肯回來？你還賭不賭錢了？」

格隆冬就把近來的情形告訴了舅舅。這兩舅甥談了許多話，於是格隆冬勸起舅舅來。土生織布廠一定要改良改良。現在做買賣可不比以前。土生織布廠為什麼不買新式機器來呢？

土生搖搖頭：

「我沒有這筆大本錢。」

「那麼我想法子替您募點股子來做本錢，好不好？」

「要不要，」舅舅又搖搖頭。「這家織布廠是我們一家開的，我不要外人來入股。」

格隆冬另外又出了一個主意：

「舅舅，您不要外人來入股，那麼我送你一點吧。這是送給您的，不是入股。另外我還想法子借點錢來，不要利錢，也不要什麼條件。這也不是入股：將來您賺了錢，只要把本錢還清就行了，這樣，您就有錢去買機器。不好麼？」

土生總是搖頭：

「為什麼你總要勸我買機器呢？這家織布廠——還是你外祖父經營起來的。你外祖父用了一輩子木織機，一點也不知道什麼新機器，倒也賺了錢。我現在用木織機，也並沒蝕本，什麼新式機器，我是不相信的。」

唉，真是講不通。格隆冬就告訴他舅舅，現在世界不同了。拿木織機比比新式機器看：哪個出貨出得多？

「貨出得多，出得快，餘糧就多。這樣就能夠多賺點錢。」

舅舅這就把坐著的椅子搬動一下，把身子對著格隆冬，發起議論來：

「格隆冬，你也長成人了，在外面做事了。不過我要對你說：一個人總不要妄想發財。上帝要是賜許多餘糧給你，你就可以發財。上帝要是不賜給你，那麼你怎樣打主意也發不了財。你勸我買新機器，這是你愛我，要替我想法子。可是誰知道上帝的意思怎麼樣呢？我把機器買來——要是貼了本呢？」
格隆冬說：
「只要我們自己有辦法，上帝就會拿餘糧賜給我們，使我們發財。」
接著格隆冬就算給土生聽：一用新機器，就能夠多得好多餘糧。這怎麼會貼本呢？
然而那位長輩——只是一個勁兒反對用新機器。到了吃飯的時候，舅舅還打了一瓶酒來，一面喝酒一面跟格隆冬談天，聲音越來越大了：
「格隆冬，你也不要多說了。你外祖父交給我的織布廠——是個什麼樣子，我就還是把它辦成個什麼樣子。我要是去冒一冒險，去買新機器，我們的同行公會——我們紡織業有一個同行公會，你是知道的吧？」
「我知道。」
「唉！」土生喝了一杯酒，把酒杯一頓。「如今我們的行會真不行了。以前可多威風啊：一議定了什麼規矩，同行的大家都得遵守。現在可真洩氣，唉！我說，我們行會不准同行用新機器，可是辦不到。有些同行竟理都不理會，只顧自己去辦機器來。這真是混帳，有些地方的行會——聽說竟解散了。這成了什麼話呀，這！」

土生一提起行會，老是要憤怒。土生是這行會的一個頭腦。他常常說，行會的規矩必須遵守。他是很熱心的。可是別人都不熱心，簡直不大理會了。

格隆冬可還是要試試看——看舅舅能不能鬆口：

「舅舅，既然人家都不肯守行會的規矩了，那麼您也可以把您的織布廠改改辦法。」

「又來了！」舅舅有點生氣的樣子。「什麼改辦法呀！你叫我也去壞了行會規矩麼？我看香噴噴那些紡織廠——我就看不順眼。本來織工要學三年徒，要拜行會裡的人做師傅。可是香噴噴紡織廠招了一批工人，都沒跟行會裡的織匠學手藝。還有些人學都沒學過就可去做工。這真是要不得。哼，機器！機器織出來的是好貨麼！」

說到這裡，就起身去扛了兩匹布來。一匹是土生織布廠出品。還有一匹香噴噴紡織廠的出品。

「格隆冬你看看，你倒比比看！哪，這是香噴噴的布，是用新機器織出來的。你比比看：有我們的好麼？有我們的牢麼？」

格隆冬不好駁倒舅舅的話，只是說：

「不過新機器織出來的布——賣得便宜些。」

「便宜！——便宜不是貨！」

格隆冬覺得舅舅又太頑固，又太可憐。吃了飯之後，格隆冬又問起他的表哥：

「表哥有信回來沒有？」

「有信，他在青鳳國倒還混得好。」

「唉，」格隆冬嘆一口氣，「舅舅，我說您也上了年紀了。您辛苦了一輩子，也該休息休息才好。為什麼不叫表哥回來接手呢？」

可是他表哥不愛辦什麼紡織廠，只是在青鳳國的一個金鴨領事館裡做事。於是格隆冬想：像舅舅這樣固執下去，買賣一定會要失敗的。將來舅舅會要有痛苦。明明知道將來會要有痛苦，那麼不如現在就歇了生意。

「舅舅，」格隆冬叫。「我有一句話，請您不要生氣。我說您也該養養老了。表哥既然不能夠接辦。您就把土生織布廠盤給別人吧。您住到我那裡去，讓您安閒自在地過日子，不好麼？」

土生很知道格隆冬的好意。然而土生不能夠依格隆冬的話。土生說：

「這個紡織廠是你外祖父傳給我的。我決不把這個廠讓給別人，我也決不叫這家廠關門。我要盡我的心：我活一天就幹一天。這樣才對得住先人。」

說來說去——總還是老樣子。格隆冬沒有辦法，只好不再勸了。格隆冬臨走的時候，掏出兩百塊錢來送給舅舅。可是又怕舅舅不肯要，就偷偷地夾在舅舅的帳簿裡。

格隆冬走了之後，土生就自言自語：

「格隆冬這孩子——現在倒成了人了。他對我的一片心是好的，可是他那種新派辦法總叫我聽不入耳。上帝呀，不要使格隆冬走上邪路吧。他是一個好孩子，學了那種新派買賣人的法子，他的心就會變壞的。上帝導誘導誘他吧。」

這時候工廠裡還在那裡做活。二十架木織機——每一架上面坐著一個織匠。腳踏著下面兩片竹板，手拉著上面的一根痲繩，中間那一隻梭穿過來，穿過去，「乞打卡！乞打卡！乞打卡！」

有幾個學徒的孩子在那裡忙著開飯，碗盞弄得鏘鏘地響。

那些織匠可還不停手。他們一天亮就起床，做到現在——有的人還沒有織出兩匹布來。

「師傅們！」土生叫，「開飯了哩。」

機子還在那裡響著。「乞打卡！乞打卡！」——要織出兩匹布來才放下！

土生抽著煙斗，坐在那邊看了一會兒，忽然記起了一件事來：

「哦，期哥兒！你說你被窩破了，要向我支工錢，你要幾塊呀？」

「我想要支十塊。」那個期哥兒一面做著活一面回答。

「唔，等會兒我就給你。哦，不錯。房東太太定織三匹棉布，後天就要哩。期哥兒你明天趕一趕，明天加一個夜工吧。」

正在這裡談正經事，可是有一個報館裡的人跑來。那個報館裡的人對土生鞠了一個躬，拿出了一張名片，這就哇啦哇啦吹開了：

「土生先生，我們《吃吃日報》的銷路是最好的，連帝都人都看我們的報。我們的報可以賣到五十萬份。我們報紙一登了什麼東西，立刻全國人就都知道了。我們的報一印出來，就發到吃吃市全城。另外還裝上幾千個布袋，發到別的城市去……」

「哦，我知道了，」土生打斷了那個人的話。「你們報館要做許多布袋，就來向我定貨，不是麼？你們要定織幾匹呢？」

「呃，您聽錯了。我是來勸您登廣告的。」

「什麼？登廣告？」土生皺起了眉毛來。

「我勸您在我們《吃吃日報》上登廣告。廣告費很便宜。您要是叫我代替您擬廣告，我也可以遵命。我會做詩。我可以做一首詩，說土生織布廠的布怎樣好怎樣好。這名片上就是我的名字：哪，『香草』就是我的名字。要我替您寫一首廣告詩，價錢也特別公道：每一首詩收費一角大洋，現在正大減價，打九五折，詩美價廉，老少無欺。」

土生聽了老半天，才明白了那位香草先生的意思。土生大聲說：

「誰不知道土生織布廠是七八十年的老店！我的主顧也都是老主顧。我才不要登什麼廣告哩。」說了就走開去，再也不來理會那位香草先生了。

可是那位香草先生追了上來：

「土生先生！您既然不肯照顧我們報館的生意，那麼請您跟我個人做一筆生意吧。我可以替您做一首詩。您就貼到大門外面，以廣招徠。九分五一首詩——真不能算貴，您要是光顧我的話，還可以便宜一點。九折：行不行？我的詩是呱呱叫的。我現在就想好了一首。土生先生，您聽，您聽，第一句是『土生織布廠的布……』下面用了很好很好的字。可是我不告訴您了。您出九分錢，我就把整首詩都念出來……」

「麻煩！」土生不耐煩了。「滾你的吧！」

幾推幾推——就把那位香草先生推出了大門。

香草先生踉踉蹌蹌給推了出來，好容易才站住腳。這就回頭嚷著：

「那麼——打八五折，要不要？」

五

格隆冬坐著馬車回去，還是想著舅舅的事。一路上看見香噴噴紡織廠的許多廣告，都寫著——

「請用香噴噴的布。」

前面有一家很大的點心店——在玻璃櫃裡陳列著許多奶油餅，許多糖果。有一些小孩子站在那裡呆看，一面直淌唾涎。那玻璃櫃上就貼著一張很大的紙，上面印著紅字：

這些點心非常富於滋養料，
跟大糞王的糞一樣好。

格隆冬想，保不穿泡倒的確很能幹，可以跟保不穿泡做點大事業。

「單是大糞買賣——這還是舊式買賣，」格隆冬對自己說，「總要辦點新式工業，才趕得上人家。」

回到了家裡，格隆冬就跟大糞王他們談起土生織布廠的事。保不穿泡搖搖頭：

「唉，你舅舅真太不會做生意了。你看，香噴噴賺了多少！——買賣做得多麼大！」

大糞王可想到了自己。

「香噴噴賺了許多錢！我們怎麼不也來幹一幹呢？——為什麼要讓香噴噴一

家去賺錢呢？」

這三個好朋友越說越認真，就打算像香噴噴那樣辦一個紡織廠。他們計畫好久好久，到兩點鐘才睡。

可是——大糞王睡來睡去總是睡不著。大糞王的心事很多。大糞王這就又爬起來點了燈，坐在沙發上抽雪茄煙。

於是趿著拖鞋走到格隆冬房裡，大糞王這時候很想跟人談談心：

「格隆冬，格隆冬，」大糞王輕輕地叫，「你也沒有睡著麼？」

「唉，我簡直睡不著。」

「是不是老想著開辦紡織廠的事了？」格隆冬問。

「唔，我是想的。另外呢，我還想到自己的事，」大糞王抽了一口煙，閉上了眼睛。「格隆冬，你有舅舅，也有表哥。你的舅舅很愛你。我呢，我沒有一個親人。格隆冬，我需要有一個人愛我，體貼我……」

「哈！」隔壁保不穿泡叫了起來——原來保不穿泡也沒有睡著。「你是想要結婚了，我知道！」

格隆冬也點了一支紙煙。抽了兩口，想了一會兒，就提出了一個意見：

「我們現在已經有錢辦大事業了，可是我們的努力還不夠。我們該去聯絡聯絡貴族，該去聯絡聯絡各帝國的官員。你怎麼不去跟格兒男爵攀攀親呢？」

這時候保不穿泡也披著衣走了過來，很高興地嚷：

「哈，這真是一個好主意！我保你成功！」

「格兒男爵有幾個女兒？」大糞王問。

「有這許多！」——保不穿泡伸出三個指頭。「大女兒可惜年紀大了一點。」

「幾歲？」

「五十二歲。她已經有了兩個孫子了。」

「第二個女兒呢？」

「第二個當然年輕些。四十九歲。」

「有幾個孫子？」

「孫子還沒有，她兒子才結婚不久。」保不穿泡說，「第三個女兒可更年輕了……她結婚才十年，她丈夫是個海軍少佐。」

「唉，那怎麼辦呢？格兒男爵家裡沒有別的女人了麼？」

保不穿泡想了一想。有的！格兒男爵有一個姊姊，別人都叫她做老郡主。年紀八十二歲，可沒有丈夫。

大糞王呢，今年才二十四歲。叫他去跟八十二歲的小姐去戀愛麼？——那他不大願意。可是格隆冬說：

「這有什麼關係呢？反正是為了做買賣呀。」

「可是我需要有一個人真正愛我……」

「嗨！」格隆冬打斷了大糞王的話。「八十二歲的女人就不會愛你，不會體貼你了麼？」

保不穿泡也極力主張：

「又有人愛，又可以聯絡格兒男爵：這麼上算的買賣你還不幹麼？」

「是的，」格隆冬很嚴肅地站在大糞王面前，「大糞王，你有你的事業，你有你的地位。所以你不能像普通人那樣去戀愛，去結婚。你要戀愛呢就得計算一下——你在這次戀愛裡面可以得到多少利息。戀愛，也是要列在生意經裡面的。」

唉，格隆冬真是好朋友，要不是格隆冬這麼一說，他大糞王幾乎要糊塗了。

就這麼著，第二天一清早，大糞王就打扮得漂漂亮亮，和保不穿泡一起到格兒男爵府去。格兒男爵就趕緊迎了出來，因為大糞王是他的債主。格兒男爵跟兩個客人握手：

「尊貴的大糞王和保不穿泡伯爵來光臨，我覺得很榮幸。」

說了就把鼻煙壺捧給保不穿泡。

大糞王可只跟格兒男爵談了幾句話，就去見老郡主。老郡主躺在床上，有兩個侍女在那裡替她捶背。她知道有人要來見她，只好由兩個侍女勉強扶起來，一面嘆著氣。

這時候大糞王就進來了。大糞王瞧瞧老郡主的臉，他立刻把眼睛閉了起來。他不敢看。

「管他呢！」大糞王想。「反正是為了做買賣！」

大糞王並沒有正式學過戀愛。不過大糞王也讀過一些寫戀愛的詩，也看過一些戀愛戲劇。他這就也學到了一些辦法。可是大糞王還是閉著眼睛。閉著閉著——他猛的把一條腿跪到地毯上。他一把抓起老郡主那根枯樹枝似的手臂來，就在那隻乾皺的手上拼命親嘴。他一面熱烈地叫著：

「啊啊，你真美麗！哦哦，你美麗得猶如一朵帶露的玫瑰花！啊啊，哦哦，唉唉，嘻嘻，呀呀，嗚嗚，我真愛你！哦，是的，是的，我愛你，我愛你。這愛乃是何等的深而廣喲！」

那兩個侍女看看大糞王，又看看老郡主。她倆都把眼睛張得大大的，猜不透這是怎麼一回事。

至於那位老郡主——她眼睛已經看不清楚什麼了，耳朵也不大靈活。她只模模糊糊瞧見一個大塊頭走了進來，嘴裡哇啦哇啦說了一些什麼話。她叫侍女複述一遍，她聽了可莫名其妙。她想了半天想不通。怎麼，怎麼？這是個什麼把戲呀？

後來老郡主到底明白了過來。她以為她知道大糞王的意思了。她這就哭了起來，罵了起來：

「你侮辱我！侮辱我！你分明看我老了醜了，你就來挖苦我，你就來跟我尋開心！我從來沒有受過這樣的侮辱！唉唉！

唉唉唉！……」

於是叫侍女們把大糞王趕出房門。

「我失戀了。」大糞王出來對格兒男爵和保不穿泡說。

保不穿泡就告訴格兒男爵：大糞王的確是愛上了老郡主。

「男爵大人！我用我的爵位來保證：大糞王的愛是極其純潔的。」

「伯爵大人！我完全相信您的話，」格兒男爵嘆了一口氣。「我的姊姊能夠被大糞王先生愛上，我覺得很榮幸。」

「但是，哦哦！」大糞王站起來，仰起了臉，把兩隻手向天花板伸著，好像要向天花板討一點什麼東西似的。「但是，我失戀了。哦，我的心，哦，空虛得，有如，一個，荒涼，而又寂寞，的，廢墟喲。哦哦，你看，我的悲哀唷，有如，一個木桶一樣。」

現在大糞王的兩隻手拱在胸脯上了，反正一切都照悲劇主角的做法做去就是。兩條腿也絞著，站得很優美：只是大糞王沒有弄慣這種姿勢，啪噠摔了一跤。幸虧保不穿泡趕緊扶住了他，他才沒有倒下地。

「啊啊，哦哦，我乃是何等的悲哀喲。」大糞王連忙收了尾。

格兒男爵看見了這麼一幕古典派的悲劇，也很感動。於是叫——

「來！拿我的獵槍來！」

男爵大人帶著獵槍衝進老郡主的屋子裡。把獵槍往窗臺上一擱，他就在一張太師椅上，對準了老郡主的耳朵，大聲把大糞王的愛情告訴她。

「啊？」老郡主把耳朵更湊過去些。「他不是尋我的開心麼？那麼他為什麼要愛我這麼一個老太婆呢？」

「因為他的愛情是純潔的。」

老郡主的氣這才平了下去。可是後來她才知道這大糞王是要向她求婚，她又糊塗起來。格兒男爵勸了她許多次，跟她談了四五天，老郡主總是不想嫁人。

格兒男爵告訴過保不穿泡：

「伯爵大人！老郡主本來以為大糞王的愛——是古代騎士對貴婦人的那種愛：單是心裡愛著，碰都不去碰她一下的，而一方面又肯替她服務，犧牲性命都可以。她想不到大糞王是要和她結婚。」

保不穿泡就說：

「男爵大人！那種騎士早就過了時了。現在的騎士可就沒那麼老實，男爵大人。現在的騎士要是愛上了一個貴婦，就不免要動手動腳的。」

「唉！」格兒男爵長嘆了一聲。「現在這世界變得不成個樣子了，連戀愛也失去了那種優雅的古典風味了。」

「那麼您再去勸勸老郡主吧。戀愛雖然是神聖的事，可是也得識時務哇，男爵大人。」

格兒男爵只好又拿著獵槍到老郡主閨房裡去，再三再四地勸老郡主下嫁大糞王。格兒男爵一面說，一面嘆著氣：

「唉，親愛的姊姊。你就是不愛大糞王，可是你也要替我們家裡想一下。我們有爵位，有聲望，只是沒有錢，我們要是有了錢，我們就能夠恢復從前的光榮了。大糞王雖然是個平民，但他很有錢。唉，我們跟他做成親戚，那是只有好處，沒有壞處的。」

結果老郡主哭了三個鐘頭，勉強答允了。她還說了一句很難聽的話：

「唉，就把我這幾根老骨頭賣掉——來維持男爵府吧！」

一個星期之後，老郡主跟大糞王結了婚。大糞王就和新娘子去蜜月旅行。格隆冬也同去。他們到了帝都。他們帶著格兒男爵的許多介紹信，在帝都拜訪了許多大臣，許多貴人，許多名流。然後他們又到了草澤，又到了海口，又到了黑市——還到過許多別的大城市。

大糞王雖然是新婚，可也忙得了不得。大糞王很少跟新娘子見面。見面的時候——他總是閉著眼睛。也不大跟新娘子說話，每天只是很客氣的問一句——

「喂，你今天身體好一點麼？」

「啊？」老郡主沒有聽清楚。「你說什麼？」

可是新郎已經吧嗒吧嗒跑出去了。一跑出去就叫：

「格隆冬，科光先生介紹來的那個技師——是科光先生的同學麼？科光倒是一個很不錯的工學家，他負責介紹來的人，我們是可以聘請的。」

老郡主可什麼都不知道，她只是聽說她丈夫在帝都開辦了一個紡織廠，買了最新式的機器。她的侍女倒看見這家紡織廠的招牌，那招牌叫做：

大糞商標

空前絕後，金鴨帝國第一，世界第一，貨品好，又公道

鼎鼎大名大糞王

肥肥公司

犧牲本錢開工廠

提倡實業，機器工業萬歲，帝國光榮，呱呱叫，了不起

侍女在老郡主耳邊大聲報告了許多新聞：

「姑老爺是這家公司的總經理。格隆冬是經理。保不穿泡是廣告部主任。另外還有許多許多職員，還有許多許多男女工人。聽說有許多大臣——都是肥肥公司的股東哩。姑老爺可以賺許多許多的錢哩。」

後來又聽說大糞王在吃吃市辦了一個化學肥料廠。

大糞王在金鴨帝國已經可以算是一個闊人了。可是這位大糞太太運氣不好得很，眼睛更看不見，耳朵也更聾了，身體很壞。大糞王叫她去養息養息，就在吃

吃市鄉下買一所小房子叫她去住著。

現在格兒男爵已經不當吃吃市知縣了，只是在家裡吸鼻煙。不過每天下午還是帶著幾個跟班的，扛著一杆獵槍到公園裡去散散步，男爵府比以前更窮，欠了許多債。

「唉，我要破產了。」格兒男爵大聲告訴老郡主。

「唔唔，」老郡主含糊地應著。「破——破——你說破什麼？」

「嘖，你真老糊塗了！」

格兒男爵只好寫一封信去向大糞王借錢。過了一個月，得了一封回信：

親愛的舅爺格兒男爵大人閣下：

蒙閣下不棄，向我借錢，茲將出借條件列後：

一、須有確實擔保，以不動產或有價證券作抵押。

二、利息——為了親戚關係，利錢特別克己，只取周息九分五厘。如蒙光顧，不勝歡迎之至。

你的忠僕　大糞王

這封信是大糞王的祕書用打字機打出來的，只有簽名是大糞王的親筆。格兒男爵一看完，就氣忿忿地把它撕碎了。

六

大糞王是不大親自寫信的。

「我沒有這許多工夫，」大糞王很看不起地說，「你看，格兒男爵又來向我借錢了。哼，錢可以白借的麼？」

那位男爵只會花錢，不會賺錢。至於他大糞王呢，花一個錢出去——就要撈兩個錢進來。大糞王說：這就是貴族和平民的分別。

雖然大糞王很看不起那些老貴族，可是帝都有些老貴族倒看得起大糞王，因為大糞王是格兒男爵的姊丈。有幾位爵爺請大糞王去吃酒席的時候，還讓大糞王坐太師椅哩。

不過跟大糞王頂要好的，還是呼呼幫裡的人。

呼呼幫裡的一個要人，叫做巴里巴吉——現在是帝國工業部副大臣，他就差不多天天跟大糞王見面的，這位副大臣是肥肥公司的一個股東，又是肥肥公司總顧問。

原來大糞王初到帝都的時候，靠格兒男爵的介紹結識了許多人，這裡面有一位五色子爵——倒是一位新人物，大糞王就由五色子爵介紹，跟巴里巴吉做了好朋友。

這位副大臣巴里巴吉每天一看見大糞王，總是很親熱地握手，開頭總是這麼樣說一句——

「今天天氣好。今天有什麼事要商量的麼？」

這就談起正經事來，大家商量著辦法——看怎樣才能夠賺更多的錢。要把公司擴大。要把貨推銷得更廣。最好是全世界的人都只買肥肥公司一家的布。

公司的確是越開越大。做工的人到了一千多個。後來又加到三千個。可是還在那裡擴充。於是肥肥公司有了八個分廠。

大糞王忙得很，簡直忘記了老郡主，可是有一天，大糞王的一個祕書——叫做伸手摸——拿一封格兒男爵的電報進來：

「老郡主於今晨無疾而終，請來料理後事。」

大糞王看了，這才記起自己有一個太太。大糞王嘆了一口氣：

「唉！她倒還算是壽長的哩。」

「是啊，」伸手摸說，「她老人家總算是有福氣的。」

大糞王點起一支雪茄煙，一面想了一想：

「伸手摸，你去跑一趟吧。你帶五千塊錢到吃吃市去，辦辦老郡主的喪事。順便還問問格兒男爵，看他還要不要向我借錢，我提的條件是不還價的。」

大糞王還想說幾句什麼，可是有一位客人來拜訪他了。

「請他進來吧。」他吩咐。

那位客人就是金鴨經濟學院的教授——鼎鼎大名的瓶博士。這是巴里巴吉特為介紹來替大糞王幫忙的。

金鴨人對於學者向來很尊敬。所以大糞王特別客氣，早就站在房門口歡迎那位博士。一面趕緊叫人去要格隆冬來一同陪這位客人。

「我們覺得很光榮，」格隆冬說，「博士肯光臨……」

誰知道那位經濟學家更客氣，對大糞王他們左鞠一個躬，右鞠一個躬。請他坐也不肯坐，嘴裡稱他們做「老闆大人」。

「老闆大人請坐，我才敢坐。請吧，請吧，請兩位老闆大人的尊臀擺在椅子上吧。」

於是兩個人坐下了，那位博士才提到——

「工業部副大臣巴里巴吉大人吩咐我來見老闆大人。老闆大人要是不嫌棄，我就盡我的能力報效老闆大人。」

說了後恭恭敬敬站起來鞠一個躬。

大糞王和格隆冬表示很高興。這兩位老闆大人是很仰慕博士的才能的。

那好得很，瓶博士本來就擬好了一個計畫書，公司要怎樣改良，怎樣擴充，都寫得周周到到。不過現在瓶博士還不能馬上就把計畫拿出來，先要談清楚——看公司方面能夠給他多少報酬。

格隆冬就告訴瓶博士：

「公司裡所聘請的顧問，都不支薪水，每個月只送兩百塊車馬費。不過每年可以分一點紅。」

「我們的顧問都是本公司的股東。」大糞王補了一句。

「啊呀！這就有點為難了，」瓶博士輕輕地說，好像自言自語一樣，「遺憾得很，老闆大人。這個價錢定得太低了一點。老闆大人。」

「怎麼樣？」

「老闆大人！」瓶博士又鞠一個躬。「我希望老闆大人注意一下學術界的行情。現在經濟學比哪一門都旺銷些，行市總是漲。替經濟學的刊物寫一篇文章，所得的稿費——除紙筆等等成本以外，每一面可淨得五元三角八分六。在金鴨經濟學院授課，除去車錢等開支以外，每小時可淨得三元八角四分四厘三。」

「哪裡有這麼好的賺頭？」大糞王不大相信的樣子。

「這是真的，老闆大人，這是真的。老闆大人可以託帝都商業徵信所去調查。」

格隆冬遞了一支紙煙給瓶博士，瓶博士趕緊站起來，萬分感激地接過那支煙，一連鞠了五個躬。格隆冬問：

「那麼——博士要多少報酬呢？」

「這就要看兩位老闆的意思——還是要零買呢，還是要整買。」

「什麼零買整買？」

「啊，老闆大人聽稟，」瓶博士呵了呵腰，「如果老闆大人要零買，我就還可以兜攬別的主顧，老闆大人有什麼吩咐，可以臨時找我來：按照事情的大小議價。要是整買呢，我就整個兒獻身給老闆大人了：我就沒有工夫教書寫著作了。」

大糞王瞧瞧格隆冬：

「整買當然價錢要貴些。」

「貴是貴一點，老闆大人，」瓶博士插嘴，「可是實際算起來——整買比零買上算些。還是請兩位老闆大人裁奪。」

格隆冬這就請瓶博士開一個價錢來看看——當然是整買的價錢，零買反正是臨時議價，沒有法子預算的。

這筆生意可費了許多唇舌，價錢談不定當。然而瓶博士做事向來很細心，很周到。瓶博士早就有了準備：他從口袋裡掏出一本帳簿來了。

「老闆大人，」他先鞠了一個躬，「要照您所開的價，我就要賠本了。老闆大人，請您賞個臉，看看我的成本。」

說著就把那本帳簿捧給大糞王和格隆冬看。這原來是瓶博士做學生時候的日用賬。

「恭呈老闆大人賜閱。這是我從前所投的資本，就是我學經濟學所花的成本。老闆大人請看看，哪，總數在這裡，老闆大人，照這投資的數目算來，現在開的價錢是再公道不過的：我只取了百分之八點六的純利罷了。」

格隆冬真的翻了翻那本帳簿。這可又發生了許多問題。

「瓶博士，」格隆冬指著帳簿上，「這一項是你做衣服的開支，那不能算你的成本。」

「不然，不然，老闆大人！這是做制服！進學校非做不可，所以也列在成本會計裡面。」

「唔，就算是的吧。可是這一項呢？——你買一雙麂皮鞋，為什麼也開在裡面？」

那位經濟學博士就又解釋給老闆大人聽：他的同學都穿很講究的皮鞋，他也就不得不買一雙好點的。要是他不學經濟，不進學校，就用不著投這筆資了。

可是格隆冬又叫了起來：

「這一項開支更沒有道理了——請黑龜太太上館子，二十八元三角四分！」

「哦，老闆大人！」瓶博士陪著笑，「這也是有原因的，這位黑龜太太的丈夫——就是全世界聞名的黑龜教授，黑龜教授上課的時候，總不肯把他所研究的心得告訴我們，他只是說：『這個問題我不多講了，你們如果想要了解這個問題，可以在課外去問我。』同學只好在下了課之後去請教他，他就說：『我拿學校裡的錢，是賣上課的錢，你們現在在課外叫我賣給你們，那要另外算價錢。』同學只好出錢給他：按照問題大小而定價，二十塊錢起碼。老闆大人，我就想個方法，去聯絡黑龜教授的太太。黑龜太太就叫黑龜教授講給我聽，不必另外出錢了。這樣算起來，我只不過花了幾個上館子的錢，所花的成本比他們都少得多哩，老闆大人。」

這麼談了好久，才說好了一個價錢。瓶博士認為可以同意，可以整個兒獻身給老闆大人了。瓶博士想要立刻訂個合同，不過格隆冬又提到了一件事：

「合同慢一點簽訂吧。我們現在還想要先看看樣品哩。」

當然，這很有理。這就議定——先把這位瓶博士試用三個月，看看貨色。在試用期內，也按照剛才說了的價錢給報酬。

那位帝國的大學者非常滿意，又鞠了許多躬。臨走的時候還掏出一本書來：

「這是我的博士論文，請兩位老闆大人指教。」

這博士論文的題目是——論各種新舊記帳法之優劣，及其與神祕的宇宙和生命的創造原理之關係。

瓶博士有這麼一個習慣：一寫起論文來，題目總是很長的。後來瓶博士在肥公司辦了一個學術機關，那招牌也很長，叫做——

怎樣才能夠替老闆大人賺更多的錢的研究會

我們再講當天的事情。

當天瓶博士跟大糞王談好了一筆交易，就鞠躬告辭：

「從今天起，兩位老闆大人就是我的主人了。」

大糞王和格隆冬要送瓶博士出去，瓶博士十分不敢當，不讓他們出房門。於是退一步，鞠一個躬，退到房門口，又鞠一個躬，向後轉，這才走掉。

格隆冬關了房門，坐到大糞王旁邊：

「我聽伸手摸說，老郡主去世了。」

「唉，是的。」

然後大糞王把吩咐伸手摸的事告訴了格隆冬。

突然——房門又開開了，一個人走了進來就鞠躬，等到那個站直了，才看清了他的臉：就是那位大學者瓶博士。

「老闆大人！剛才兩位老闆大人講的話，我都聽見了，我真悲哀得很，不過我有一個意見要貢獻給老闆大人。」

「請坐下來談吧。」

「不敢不敢！」瓶博士趕緊退了兩步，「我的意思以為——花五千塊錢替老郡主辦喪事，這就太不上算了。五千塊錢要是拿來投在生產事業裡面，那就不是空投的。可是要拿去辦喪事呢，這就沒有利潤而且連老本都撈不回來，老闆大人，這種錢花得愈少愈好。」

瓶博士這就對大糞王講到各種棺材的質地和價錢。最上算的是哪一號：又省錢，又好看。不過吃吃市只有一家壽器公司，賣得很貴，那麼大不如到草澤去買，連運費算起來，還便宜三元四角五分二。瓶博士還講到吃吃市各個教堂的墳地——哪一處最便宜，要是在教堂裡行祭禮，又是哪一家教堂取費最廉。

總而言之，什麼都算得很周到。

「老闆大人，照我這個預算，只要花二千六百五十七元三角七分四就夠了。而且這喪事還能辦得很漂亮，不失老郡主的身份。」

大糞王就採納了瓶博士的意見，一項一項地吩咐了伸手摸。伸手摸準備第二天就動身。格隆冬還托伸手摸一件事：

「你到了吃吃市，順便去看看我舅舅，他好久沒有信來，我很不放心。你還帶三千塊錢去——送給我舅舅做零用。他要是不肯收，你就悄悄地塞在他抽屜裡好了。」

七

伸手摸到吃吃市去辦了老郡主的喪事。一切儀式都照著貴族的規矩，棺材上面畫一個金色鴨蛋。出殯的時候，由一隻鴨子引路，在教堂裡舉行了祭禮之後，所有送殯的人都要在那隻鴨子的尾部接一個吻，於是教士大聲說：

「萬神之神的金鴨上帝啊！收留老郡主進天堂，坐在你的腳邊吧！」

然後把那隻引路的鴨子放在棺材上，等它在那上面拉一泡屎。於是落葬。這隻鴨子就照規矩送給教堂，教士叫他的老媽子把這隻鴨子關到廚房裡去了。

於是格兒男爵把他的鼻煙壺舉得高高的，蹲著把屁股搖了三搖，大叫三聲——

「呷！呷！呷！」

接著吸了一撮鼻煙，這才倚著他那杆獵槍哭了起來。

教士守在格兒男爵旁邊，嘴裡嘰裡咕嚕念著一些什麼。念完了就叫：

「金鴨上帝聽見！」

格兒男爵立刻住了哭聲，這麼著大家散去了。

伸手摸一辦完了喪事，第二天就進了城，把行李放在肥肥公司化學肥料製造廠，吃中飯之後，就去看土生。

土生織布廠所在的那條路很長，店家很多。

伸手摸坐在馬車裡注意著招牌，一直到了盡頭也沒看見有個土生織布廠。只好又打回頭，再找找看，也還是找不著。去問問巡捕，巡捕也不知道，只是指指前面一所屋子：

「你到那紡織業同行公會去打聽打聽吧。」

可是那同行公會的屋子盡住了一些閒人，只有一間廳子外還掛著一塊「會議室」的牌子。伸手摸往裡面一看，只瞧見兩張破椅子，地下躺著一個洋娃娃。那張會議桌上，有一個兩三歲的小孩在那兒爬著，哭著喊媽媽。

過一會就有一位太太進了會議室，抱起那個孩子，撿起地下的洋娃娃出去了。她還很詫異地瞅了伸手摸一眼。

「太太，」伸手摸叫，「請問您：公會的人在哪一間屋子裡？」

「公會還有什麼人？只有一個看屋子的老聾子——現在上街買東西去了，我們都是這裡的房客，您要找誰？」

「我想打聽一位土生先生……」

那位太太微笑起來：

「哦，那位老先生？——他倒是常來的。」

伸手摸向來喜歡跟太太們談天，他看見這位太太很和氣，他就決定要多講幾句了。

「太太貴姓？」

「我是東太太。」

「哦，東太太。東太太，那位土生老先生常常開會麼？」

「開會？——有什麼會好開，只有他一個人。」

「請坐一坐吧，東太太，您這個小孩子長得真好看，」伸手摸自己也坐了下來，「可是——東太太。土生老先生來幹麼呢？」

那位東太太很喜歡說話，巴不得有人問到她所曉得的事情，她這就說開了：

「先生，您不知道，現在這行會的會員，恐怕就只剩下土生一個人了。這屋子也賣給了好心眼顏料公司，當時土生雖然極力反對，可也沒有法子，那些會員都主張賣幾個現錢用用，後來土生就說：『那麼留下這一間會議廳不賣，會議廳留著才可以辦公開會。』可是結果呢——一起賣掉了。不過好心眼顏料公司到底心眼兒好，還肯把這間會議廳租給行會，行會的招牌也還是掛在大門口。其實行會也不辦公，也開不起會來。先生您知道，只有土生一個人，還開什麼會議？行會裡只有那個老聾子看守屋子，就是看守這間會議廳。房租錢當然是土生一個人出，不過租錢很便宜。」

伸手摸剛要張嘴說什麼，那位東太太又搶著講下去：

「哦，先生！我希望您在這裡會碰見土生來，那你就可以看看他做些什麼事。他麼，一來到這會議廳，就東看看，西看看，一會兒揮揮桌上的灰，一會兒又搖搖這些破椅子看牢不牢，然後他就端端正正坐在這裡，把老聾子喊來，問這問那的。『今天有什麼事沒有？』或者——『這張椅子怎麼短了一條腿？這是公家的東西呀，你不好好保管！』或者呢，就問：『我上一次來，還有八張椅子，怎麼今天只有五張了？』先生，您知道——」

說到這裡，就突然把聲音放低：

「——那個老聾子其實不是個好東西，他常常把這裡的椅子偷去賣掉，斜對面那家麵包店的老闆娘就買過兩把，我親眼看見的。土生一問起老聾子來，老聾了總是說，是別的會員拿去的。」

「土生不會去查問麼？」

「您聽我講，您聽我講，」那位東太太很快地說。「土生當然要查問。土生大發脾氣：『是哪個會員拿去的？怎麼隨便拿會上的東西啊？這樣那樣，豈有此理！這還了得！啊？』那個老聾子等土生發完了脾氣，這才慢吞吞地講：『這都是各位會員花錢買的，現在各位會員就把這些東西收回去了。』土生追問這到底是誰拿走的，指名問姓地盤究起來。那個老聾子這就裝傻：『啊？您說什麼？』——他聽不見！土生說一定要開一次常務會來解決這個問題。可是總只有他一個人到會。先生，您不知道。他一到了會，就一個人端端正正坐在這裡。」

伸手摸願意再談談天，可是他還有正經事要辦，他看了看表，只好告辭起身。

他問：

「您知道這土生織布廠在哪裡麼，東太太？」

「還是在老地方。前幾年我常常照顧它的生意哩，它就在這條街上，門牌是四百五十號，你要去找它麼？」

伸手摸臨走的時候，又說太太的小孩子真好看，還吻了一吻那個小孩，又說改一天要來拜訪東太太的丈夫東先生。

這一次——伸手摸可就找到了土生織布廠。招牌上的名字已經剝落得看不清了。門也只開了一半。要是不知道門牌號數，那真不容易發現。

本來伸手摸還有點懷疑。後來走進去看見了織布間，才知道沒有弄錯。有五架織布機在那裡「乞打卡！乞打卡！」地活動著。另外可還有七架織布機沒有人理會，上面堆了許多灰，有許多蜘蛛網。

土生老先生坐在一張椅子上面抽煙斗，吐著唾沫，一面嘰裡咕嚕說著：

「期哥兒來了一封信，他在香噴噴紡織廠找到了工作。他要走，就只好讓他走，我要留他就是害了他，他一家人會要挨餓的。他小孩子又多。唉！」

「我今天一定要到公會裡去一次。順便就到郵局裡去，把阿利匯來的一百塊錢取來，」——阿利是他兒子的名字——「再去買一點牛肉回來，你們有好久沒有吃到肉和魚了，今天晚飯大家開開葷吧。」

這時候土生可就看見了伸手摸，土生還以為他是來定貨的，趕緊站了起來，後來才知道這是格隆冬派來看他的人，土生就又坐下去，嘆了一口氣。

「格隆冬叫你來的？」土生問。

「他還有一封親筆信。」伸手摸拿出了一封信，「他很不放心，叫我來探望探望您。」

土生看了信，抹了抹眼淚。

「哼，這孩子現在幹得很得意，是不是？」

土生並不是不想念格隆冬。可是格隆冬那裡開辦什麼機器紡織公司，他老人家總不大高興，土生一想起來就覺得可惜：

「這孩子走上了邪路了，唉！」

可是土生知道肥肥公司一天一天地擴充，生意一天一天地做大了。土生簡直有點不服氣。土生的意思是說——

「你看，我的布比人家的好，我的事業也不比人家差些。」

然而土生的境況不如從前了，土生就索性連信都不寫給格隆冬。土生只是想：等土生織布廠有了起色再寫信。

「謝謝你來看我，」土生對伸手摸說。「我很好，生意也很不錯，叫他不要記掛。我這一向很忙，沒有工夫寫信。他身體好麼？他為什麼還不結婚？土生織布廠還打算要擴充。同行公會也想要整頓一下，我身體很好。」

伸手摸四面看了一看，就提到格隆冬託他帶來了一些錢……

「這孩子！」土生好像生氣的樣子，「他老是偷偷摸摸塞一些錢給我。其實我並不缺錢用，這三千塊錢還是請你帶回去吧。」

不過伸手摸還是照著格隆冬的吩咐，趁土生不注意的時候塞在他抽屜裡，這才告了辭。土生一直到晚上才發現這筆錢。

「哼，這又是格隆冬的鬼主意！」——一面忍不住掉了一滴眼淚。

這晚上——土生可就想了許多計畫。

他想，暫時收下這一筆錢吧，他賒了一些棉花，賒了好心眼顏料公司的染料，現在正可以還這筆賬。那麼他還剩下一千多塊錢，那麼他就得再添七個織布機匠，把現在已經停工了的七架織布機再開動起來。

「我要寫一封信給期哥兒他們，看他願不願意再回來。」他對自己說。

他想像著十二架織機又高高興興地響了起來，滿屋子都是「乞打卡！乞打卡！」土生織布廠仍舊像以前那麼熱鬧。

唉，現在可多麼冷清！只剩了五個織匠，只剩了一個小徒弟，可是——

「可是都會恢復起來的，生意也會跟從前一樣的好。」

到了那個時候——土生就得把紅利寄給格隆冬，這一定會叫格隆冬吃一驚，土生想到這裡就微笑起來。

還有呢，同行公會裡的椅子都得修理一下，還要加買幾張新的。

一定這麼辦。這幾天土生精神很好，越忙越快活，不過麻煩的是，在吃吃市一時找不出七個織匠。本來的老織匠都到別處去了。後來還是想法子到棉城去招了幾個來，至於期哥兒——他可不願意回來幹這個老行當。

那些織匠都詫異得了不得：

「又沒有人來定貨——怎麼一下子要添這許多工？」

「沒有人來定貨麼？不要緊，」土生大聲說，「我們從前的那些老主顧都不來了，活該他們不來！他們都不識貨！你們做就是了。決不會再欠你們的工錢。」

土生織布廠真又回復到以前的樣子。十二架織機上都有人在那裡做活，於是土生親自帶了一匹布到布店裡去。

「老闆，你好哇？如今我從棉城找來了幾個織匠——真是好手，你倒看看貨色。」

「唔，要得。」

「那麼等下子我發二十匹來，好不好？」

那位布店老闆把手擺了一擺：

「等一時再看吧。你前次發來的十四布——一尺都還沒有賣掉哩。」

土生可愣住了，張大了眼睛，老半天說不出一句話來。

可是布店裡的生意很忙，老闆沒有工夫跟土生多談。土生看見店夥搬來搬去，都是些「大糞為記」，「香噴噴為記」——都是些機器織的布。他連眼睛都發了紅。

後來土生發現了一個熟人：東太太也來買東西了。

「東太太，」土生的聲音打顫，「您買布麼？……看看我的……」

「多少錢一尺？」

「三角，貨色是好的。棉城的織匠……」

大利布店
大粪为记
肥ヽ公司出

不過東太太又買了「大糞為記」的。東太太說：

「這種布只要一角五分錢一尺。土生老闆，您不知道，前次我在您那裡定購了布，我們東先生可跟我大鬧了一場。他說：『有便宜的布不買，偏偏要買貴的！』這樣那樣，一頓好吵。按說呢，他的話當然有理，買東西當然揀便宜的買呀，不是麼？土生老闆您不要生氣：三角錢一尺是貴了些。要是您也賣一角五，我們東先生也不會反對我來買您的布了。您怎麼不賣公道點呢？」

土生不服氣了：

「一個人說話要憑良心，東太太。上帝會聽見我們聲音的，東太太您算算我的成本吧。這一匹布花了幾個工，您知道麼？這還算貴麼？天地良心！」

「啊呀土生老闆！您跟我生什麼氣呢？哪個便宜我買哪個，別的我管不著！」

布店裡的一個夥計就插嘴：

「土生老闆，您的工人花一個工才織了兩匹，人家的工人花一個工可織出幾十匹，當然人家的便宜呀。」

「你曉得！」土生忿忿地叫。「瞧著吧！那些貪便宜的人總有一天上當的！」

於是土生又夾著那匹做樣子的布，垂著頭走了回去。這天他喝了許多酒，老是一個人嘟噥著。就這樣，一連好幾天都發著愣，看著一天一天出來的布都堆在那裡。

生意簡直不行，一千多塊錢已經花光了。連織匠的工錢也付不出，另外欠了一些棉花和染料賬。

「唉，上帝！」土生跪在地下，「請賜給我一點力氣吧，我還熬一熬。熬到將來會好起來的，上帝啊！我並不妄想發財，我只要保持我父親遺給我的老店就行了。上帝保佑我吧！」

可是他沒有力氣了。他病倒了。

八

土生在醫院裡住了一個多月，土生的朋友就把這些情形寫信告訴格隆冬。格隆冬親自到了吃吃市，把土生一切的債務都理清完，把土生接到帝都去住。

這時候土生雖然病好了，可是還有點糊里糊塗，他跟格隆冬坐在火車上，火車「刮達達刮達達」地跑著，他總覺得這是織布的聲音，他說夢話似的咕嚕著：
「東太太不識貨……總會有人識貨的。瞧著吧！」
他住在格隆冬那裡之後，養息了好幾個月身體才復原。可是頭髮鬍子全白了，衰老了許多。他雖然知道外甥待他好，可是他總覺得格隆冬處置得不得當。
「你為什麼要把土生織布廠的房子賣掉？」
「要是不賣掉，那您就不肯休息，不肯到帝都來。」格隆冬說。
「真荒唐！」土生嘆了一口氣，「這是你外祖父置的產業呀。唉，真不成話！——連祖產都賣掉了！」
格隆冬就安慰著舅舅：
「現在誰都在那裡賣祖產哩。那位五色子爵——就是您昨天看見的那個小鬍子——您看，他是帝國裡數一數二的老世家哩，他可也把祖產變賣了，在黑市開辦了一個金鴨煉鋼廠。」
土生不言語，只是很氣悶地搖了搖頭。後來又想起了一件事：
「那些織布機為什麼也要替我賣掉？」
「留著那些織布機有什麼用呢？」

「哼，沒有用！」

「舅舅，」格隆冬叫，「您不要去想那些事情了吧。每天吃一點好的，滋補滋補。我有空就陪您去看看戲，逛逛公園，散散心。您辛苦了一輩子，現在真也該過幾天安靜日子了。」

可是土生總閒不下來。他把院子布置成一個小花園，整天在那裡澆水，剪葉，拔草。一會又到廚房裡去指揮廚子做菜。有時還到隔壁大糞王家去整理花草。

他跟大糞王他們已經混得很熟了。他們都像對長輩一樣恭敬他。他們的客人來了，也都要問問他的安。不過他對那些客人——總沒有什麼話可以談的。他在客廳裡呆坐了一會，就溜了出去，忙著叫那些廚子和聽差：

「咖啡可以端出去了，不錯，還要送兩盤冰去。」

老實說，土生並不大喜歡格隆冬的那批朋友，他覺得他們跟他是兩路人。土生說過——

「他們都是些不敬上帝的人，都是走了邪路。」

然而——要是撇開他們的事業不談，那麼土生倒也看他外甥的面上，像一個長輩那麼照拂他們。至於格隆冬他們所開的那個機器紡織公司，土生可從來沒有去看過。他怎麼也不肯去。

「我一聽見機器響就頭昏。」他說著還吐了一口唾沫。

格隆冬他們陪土生去逛帝都的幾處名勝，到海濱去避暑，去看戲，土生也並不怎麼高興，也並不拒絕。土生心裡總覺得這是那些孩子們去玩，他土生也就這麼陪陪他們，好照應照應他們。

有一個星期六，保不穿泡跑來了：

「土生舅舅！今晚呷呷大戲院有好戲，我定了個包廂，請您去看戲。」

「什麼好戲？」土生像對付小孩子似的微笑著。

「是夜鶯先生寫的《紡績之比賽》：這是夜鶯先生最近的作品，今晚還是初次演出哩。主角就是磁石太太。」

「唔，你們想去看，我就同你們去吧。」

保不穿泡又很高興地說：

「哈呀，磁石太太可真美麗！大糞王最賞識她了。」

這天吃過晚飯，土生就真的陪格隆冬他們到了呷呷大戲院。

他們遇見了許多許多熟人。帝都的名流和闊人——大概一半都到了這戲院裡，大家正在這裡握手，問候。忽然有一個人低聲說：

「老聖人來了！」

於是這個告訴那個，那個又告訴第三個人，這句話就好像一陣風掠過一片草地似的——

「老聖人來了！老聖人來了！」

老聖人是全帝國人都很尊敬的一位學者：又是宗教家，又是哲學家，又是政論家。老聖人對於帝國的立憲，對於貴族和僧侶的特權——都出過很大的力。老聖人又是全國最著名的好人。帝都出刊的那個《好人日報》，就是老聖人創辦的。

土生也看過老聖人的著作，並且也喜歡看《好人日報》。可是他現在沒有機會去跟老聖人攀談，只看著老聖人跟許多熟人很親切地打著招呼，然後看見他帶著他的兒子小聖人坐在一個包廂裡。那包廂裡還坐著幾位老聖人的學生。

有些太太沒有看見過老聖人的，都好奇地拿起望遠鏡來望過去。她們看見老聖人不過是一個普通老頭兒，就又失望地放下了望遠鏡，嘰嘰呱呱議論起來了。

保不穿泡笑了一笑：

「老聖人看了這次戲，不知道又怎樣批評哩。」

這時候土生發現有一個年輕人鑽進他們的包廂裡來了，跟保不穿泡打招呼。土生覺得這個人的臉很熟，可是記不起。那個青年人一下子瞧見了土生，立刻就過來握手：

「哦，老先生，您也到帝都來了！您好麼？您認得我麼？我跟您在吃吃市見過。我是香草。以前在《吃吃日報》做事。」

「幸會幸會。您好？」

「謝謝您。我很好，」那位香草先生很快活地說，「我已經正式成了一個詩人了。我就是夜鶯先生提拔的，所以夜鶯先生實在是我的恩師。今天晚上他老人家也會要來哩。啊！文部大臣來了，您瞧您瞧！哈，那位批評家也來了。您看見麼——就是那位尖腦袋的先生？對不起，讓我去打個招呼。」

一會兒保不穿泡又認出了一個大闊人。保不穿泡指指斜對面一個包廂裡：

「那裡是香噴噴！還有香噴噴的太太，香噴噴的小姐。」

土生正這麼被大家鬧得頭昏的時候，音樂奏了起來。開演了。

這《紡績之比賽》是個悲劇，是從希臘神話裡採取來的故事。只是那位夜鶯先生寫這個劇本的時候，把這故事裡原有的人名，都譯成金鴨人所喜歡的字音，叫起來就好像是金鴨人的名字了。

那位女主人公叫做鴨拉屎娜。她又漂亮，又極會紡織，能夠織出非常美麗的東西。她說：

「就是女神鴨蛋娜也織得沒有我這麼好。」

女神鴨蛋娜就去找這位鴨拉屎娜，叫鴨拉屎娜不要這麼自誇，可是鴨拉屎娜還是這麼說：

「就是女神鴨蛋娜也織得沒有我這麼好。」

於是女神鴨蛋娜就老實告訴鴨拉屎娜：

「我就是鴨蛋娜，你既然誇下口來，我就同你比賽，看誰織得好。」

演到了這裡，鴨蛋娜就有這麼一段唱詞：

「驕傲的鴨拉屎娜呀！我要跟你比賽。

你記著，我到你這裡的時候，正是上午三點半鐘：剛才我跟你談話談了一個多鐘頭。

現在是四點二十一分鐘，你記著呀，鴨拉屎娜！如今我們就分手，各人去紡織，必須——

必須在明天上午三點半鐘以前交出成績來。

所以，驕傲的鴨拉屎娜呀，你要——你要在二十二小時又十九分鐘以內織好。

而我，我鴨蛋娜，也要在二十二小時又十九分鐘以內織好：

誰要是遲交一秒鐘，就取消了她比賽的資格。」

據夜鶯先生告訴新聞記者，這一段是他的得意之筆。夜鶯先生解釋說：

「一個悲劇裡所演出來的事情——從頭到尾，萬不能超過二十四小時，所以在時間方面，不得不這麼精密地計算一下。」

觀眾裡面那些有藝術修養的人，對這一段都很讚美：

「真對！真對！」這就又聚精會神地看下去。

那個主角——磁石太太所扮演的鴨拉屎娜，就努力紡織起來。這樣又有一段金鴨人認為極莊嚴而又美麗的臺詞：

「乞打卡！乞打卡！」

我織出一匹白牛載著個女孩兒家，
她的名字叫做歐羅巴。
白牛駝著她在海上奔馳，
狂風飄起她的頭髮。
這乃是何等的美麗喲，
美麗得有如一隻老母鴨——
呷呷呷！呷呷呷！
我一定勝得過女神鴨蛋娜，
「乞打卡！乞打卡！」

後來女神鴨蛋娜登場了。鴨蛋娜可織出了更美麗的東西。這全是由鴨拉屎娜唱出來的，她說女神鴨蛋娜織出了海神，織出鴨蛋娜自己創造橄欖樹的故事。哈呀，織得再精美再生動沒有了。鴨拉屎娜的作品真比不過她。鴨拉屎娜失敗了。

這裡——就到了劇的頂點。鴨拉屎娜羞愧得了不得，就自己吊死了，她在上吊以前還有一段很悲淒的臺詞，感動了全體觀眾。

於是這美麗的紡織者決定去自殺——

「啊啊，我要了卻我的生命，以了卻我的失敗之後的羞愧。

但是，等一等！——

我要看看現在是幾點鐘。」

鴨拉屎娜的自殺——是不在臺上表演的，只在鴨拉屎娜下場之後，由女神鴨蛋娜說出來：

「驕傲的鴨拉屎娜吊死了。

啊！她的上吊是何等的有美學上的價值喲！

因為現在還不到三點半鐘。

哦哦！現在還只有三點二十七分鐘，那麼我還可以在這三分鐘以內安排一點事情：

我要使羞愧自殺的鴨拉屎娜變成蜘蛛，
罰她永遠永遠紡織。

「好了，現在已到了三點二十九分五十五秒鐘，
那麼我就趕緊離開這裡，
到沃林普斯去看我的爸爸去吧，
千萬不要延遲過了這五秒鐘的工夫。」

全劇就在這裡演完了。全場都響起了掌聲。

只有土生愣住在那裡。連夜鶯先生上了台讓大家瞻仰，土生也沒注意。主角在臺上對觀眾鞠躬，土生也沒有注意。

土生被這個悲劇感動了，他看到鴨拉屎娜比賽失敗，他掉下了眼淚。現在他還記得那個「乞打卡！乞打卡！」他想起了鴨拉屎娜那悲慘的命運。於是他哭了起來。

格隆冬看了很擔心：

「唉。我舅舅又要發毛病了。」

「這是一種什麼毛病哪？」大糞王小聲兒問。

「誰知道呢，他在吃吃市那次大病，也就是這麼個情形。」

「你到吃吃市醫院去接他的時候，沒問大夫這叫什麼病麼？」

「我問了的，」格隆冬說。「可是那些公家醫院的醫生都很不耐煩，好像你欠了他的債一樣，他們向來不對普通人談醫藥上的事的。後來他們知道我是肥肥公司的經理，才特別通融，跟我談了一兩句我舅舅的病症，可是他們講的外國話——我也摸不清那是拉丁話還是希伯里話：我一個字也不懂。」

他們正談著談著，忽然聽見土生在那裡嘟噥——

「變個蜘蛛還好一點，變個蜘蛛還好一點……」

「哦！」保不穿泡可明白了，「他老人家是被這個悲劇感動了。大概這是他老人家鑒賞能力還沒到家的緣故。要照規矩——無論你看小說看戲，都不作興流淚的。格隆冬，要把他老人家這個毛病醫好的話，唯一的方法是請他老人家研究研究美學。」

九

格隆冬幾次三番地問土生，才知道土生是個什麼意思。土生說：

「鴨拉屎娜雖然失敗了，可是她到底還能夠變個蜘蛛，還是可以去紡織。」

可是他土生呢，現在連織布機也沒有一架，連紡織都無從紡織起——格隆冬想，舅舅一定是這樣才有了感慨的。

格隆冬這就說了許多話來安慰土生，可總是不行。後來土生忽然抬起了頭：

「我想要問你借一筆錢。」

「您要多少——您說就是。您要辦什麼，我就替您去辦。」

「我想——我想——我想把我從前的織布機買回來。」

格隆冬知道舅舅的脾氣，也不再勸他，也不問他買回這些舊東西來幹什麼用。格隆冬就寫封信給吃吃市的職員，託他們去辦這件事。

結果很糟糕。那些職員天天去打聽那些織布機的下落，忙了半個月，才訪了個明白，原來像土生織布廠這樣的織布廠——在吃吃市一家都找不出了。那些木織機沒有什麼用處，人家就把它拆散了放到廚房裡，給廚娘們當劈柴燒了。

那些職員隨時有信告訴格隆冬，有一封信上這麼報告：

「這種織布機，大概全帝國都很難找到幾架。據我所知，吃吃市古物保存所有一架，帝都歷史博物館有一架。昨天我們向一個鄉下人打聽，他勸我們到一些最偏僻最荒涼的村子裡去訪訪看，也許有一兩家有這些東西的。但我們沒有工夫去，因為肥料製造部的事務使我們脫不開。據說到那些地方去找，非旅行四五年不可，而且必須帶槍，否則恐怕有土匪或是野蠻人來傷害我們。再呢，即使找到了這些織機，也不是土生老先生的原物了。至於土生老先生的原物，的確已葬在人家灶洞裡和爐子裡。茲附呈柴灰少許以作證，敬請經理大人核閱。」

這件事正在進行的時候，土生可滿肚子希望，他叫格隆冬的聽差到香噴噴公司去，把期哥兒找來。土生心跳得很響，眼睛裡發著光：

「期哥兒，我的老店又可以開起來了，你回到我這裡來吧，我店裡其餘那幾位師傅——你找得到他們麼？」

期哥兒只知道三個人的下落，有一個在肥肥市做活。還有一個到黑市去了，不知道找到事情沒有。還有一個窮得沒有辦法，在碼頭做苦力。

「可憐！」土生嘆一口氣，「現在可好了，他們都可以來幹他們的老行當。

你呢，現在怎麼樣？你瘦多了，有病麼？」

期哥兒的確瘦得多了，臉色也蒼白。

「說句良心話，我的運氣比那些老同行的好得多哩。」期哥兒說。

於是期哥兒告訴土生，他到帝都的時候，正是香噴噴公司招工人的時候。帝都有五六百人想要進公司，可是公司只要招添二十個。

「公司裡看我本是個織工，就收了我。我一進了公司，就學了半年徒。」

「什麼！」土生詫異起來。「你還要學徒？你那麼好的手藝！」

「有手藝是不錯。可是我不會使機器，只好再來學半年。這半年裡可把我餓壞了：每天只有一角錢伙食錢，沒有工錢，那時候我就欠了許多債，到現在都還沒有還清。現在我一個月可以拿十五塊工錢了。」

「你老婆呢？」

「謝謝上帝，她也進了公司。九塊錢一個月。只是她們的活不容易做，手上的肉給熱水泡爛了。脾氣也壞了許多，動不動就打這個孩子，罵那個孩子。」

「你大兒子還讀書不讀了？」

「讀什麼書！學校進不起。他每天只揀揀煤屑，也算是貼補貼補家裡。」

土生嘆了一口氣，搖搖頭，然後忿忿地吐口唾沫：

「你看！你們這些進機器公司的人——哼！上當了吧，吃了苦頭了吧！我知道是沒有好結果的。唔，現在你可不用擔心了。你跟你老婆趕快去辭了工吧，再也不要去幹那個鬼事了。你們還是回到我店裡去，規規矩矩織點好布出來，給識貨的人看一看！我是不信邪的！」

幸虧那個期哥兒的人還謹慎，沒有馬上去辭工。後來土生知道連那些老織機都找不回來，他見著期哥兒的時候就什麼話也說不出，只是抓住期哥兒的手，嘴動了一動可又沒發出聲音來，就轉過臉去，悄悄地抹一抹眼淚。

從此以後，土生不再提起土生織布廠的事。別人也不對他提起。他似乎對什麼事都沒有興味，身體稍為好一點的時候，就還是在花園裡忙著，在廚房裡忙著。有時候可就說些糊塗話，叫格隆冬他們不好怎麼回答。

這一向——格隆冬他們正在忙著打主意，看怎樣才能夠對付香噴噴公司。土生聽他們談完了正經事，就閒談到磁石太太的戲了。土生忽然問：

「何必呢？為什麼一定要把香噴噴公司壓倒呢？」

大糞王微笑起來，好像笑小孩子不懂事似的：

「土生舅舅，您想想看呢。我們帝國的紡織公司，大大小小也有一兩百家。只有十六七家算得上是大公司。可是最大最大的只有兩家：就是我們肥肥公司，還有他們的香噴噴公司。要是我們把香噴噴壓倒了，那就——哈，我們就是全帝國獨一無二的大公司，我們就獨霸了紡織業的生意……」

大概大糞王還想講下去的，可是土生舅舅又來了一個糊塗問題：

「為什麼要獨霸呢？」

「為什麼要獨霸？您真是！獨霸了就可以儘量賺錢哪，要賺好多有好多。」

「要那麼多幹什麼？」

唉，真是講不通！格隆冬就另外講了一個理由：

「香噴噴跟我們競爭得很厲害。我們要是壓不倒他們，他們就壓倒我們了。」

然而土生想不通，自言自語地說：

「那個什麼香噴噴也古怪，競爭什麼呢？為什麼要你壓倒我，我壓倒你呢？」

保不穿泡正端著一杯酒，這裡就趕緊咕嘟一口喝乾，插進嘴來：

「您去問問瓶博士就明白了，土生舅舅，我們的現代文明，都是從競爭得來的，越競爭，越進步。」

「我不懂你們的現代文明！」土生裝起一斗煙來抽著，「你們是競爭錢。金鴨上帝給他的子孫——每個人一份口糧，你要搶那麼多做什麼？你吃得了麼？」

「可是上帝還賜給我們餘糧，」保不穿泡又倒上一杯酒，「可見得上帝要我們多得到一些糧食。」

這可就引起了一場辯論。土生背了一段《餘糧經》〈山兔之書〉裡的話，就很嚴正地告訴保不穿泡：

「哪，你看。上帝賜餘糧給你，是怕你在荒年沒有糧食。上帝並沒有准許你去搶香噴噴的糧食，也沒有准許你去搶別的什麼人的糧食。」

大糞王可忍不住要插嘴了：

「可是您再看看〈鴨寵兒之書〉和〈金蛋之書〉呢，土生舅舅。上帝叫石人們把他們的餘糧獻給鴨寵兒。海濱公爵和痞大公也搶人家的糧食。這都是上帝吩咐的。要是不搶人家的東西，那麼我們大金鴨帝國也建立不起來了。」

土生搖搖頭。意思是說，這些孩子不懂得聖經。土生抽了兩口煙，可是已經熄掉了，就又把它點燃，於是講起經書來：

「我告訴你們，《餘糧經》裡面——就只有第一篇是真正的聖經，真正是金鴨上帝的話。第二篇、第三篇都是以後添進去的，並不是真正的上帝的聲音。」

「嗯，這是老聖人的學說。」保不穿泡說。

「不錯，這是老聖人告訴我們的，老聖人最信上帝，我相信老聖人的話不錯，老聖人只承認〈山兔之書〉是真正的聖經。其餘兩篇只是歷史書，不是聖經。」

他們在那裡談天的時候，格隆冬一直不開口，只是微笑著聽著。現在他可莊嚴著臉色，參加了進來：

「老聖人這種學說原是有他的用意。《餘糧經》第二篇講上帝給祭司們種種特權，第三篇講上帝給貴族們種種特權，所以老聖人就說，這不是真正的上帝的聲音。老聖人就不承認僧侶和貴族有天賦的特權。」

保不穿泡點點頭，認為格隆冬解釋得很對。怪不得那些老教派的教士要攻擊老聖人。那位大主教神學大師還說老聖人誣衊上帝哩。可是帝國的一般人還是尊敬老聖人。神學大師已經失勢了。

土生本想要好好說服他們，可是現在他們把原來的話題岔了開去，他就再也想不上要怎樣進攻，並且先前已經談到了哪裡——他也記不上來了。

可是關於《餘糧經》——大糞王倒說了幾句公平話：

「就算〈鴨寵兒之書〉和〈金蛋之書〉不是聖經吧，不過我們總可以在這兩篇書裡學到許多訣竅。」

大糞王他們跟土生雖然總談不到一起，可是他們也還是幫格隆冬設法使土生舅舅快活一點。那天他們大家在格隆冬家裡喝了咖啡，就陪土生玩幾局「鴨鬥」——這是金鴨人最愛玩的一種遊戲。

格隆冬家裡新近落成了一所室內鴨鬥場，大家就都到那裡去。

「來單人的還是來雙人的？」保不穿泡問。

「我跟你先來一局單人的，」大糞王說，「土生舅舅做裁判。」

於是大糞王走到了場子東頭，對牆壁站著。保不穿泡走到了場子西頭，對牆壁站著。土生吹了一聲哨子，那兩個人就都蹲了下來。

「預備！」土生叫。接著又吹了一聲哨子。

那兩個比賽者就用了各種音階叫了起來：

「呷，呷，呷，呷，呷……」

一面叫，一面那麼蹲著倒退著走。身子搖搖擺擺，屁股拱呀拱的，還走出種種姿勢來——這麼一步一步地向場子中央走近。場子中央畫了個橢圓形的圈子，這兩人背對背地退走到這個圈子裡，兩個人已經靠得不到一尺遠了，於是各人把屁股一拱，兩個臀部互相一撞。誰要是倒到了地下，就輸一分，裁判員就吹哨子，各人就收起臀部，又蹲著搖到出發點去。再等哨子一響，又「呷呷呷」地叫著來第二下，誰贏到了七分，就贏一局。

可是大糞王跟保不穿泡都是好手，兩個人都拱得極其巧妙，誰也撞不到誰。連撞三下，彼此都蹲得穩穩的。這就又照規矩搖出這個圈子，叫了幾聲，再進圈子裡來撞。

這時候已經來了幾位熟客——都是公司裡的廣告員，格隆冬的聽差索性領他們進到鴨鬥場來。他們看得太出神，連正經事都忘記提起了，格隆冬家的聽差和女僕們也偷偷地在門口往裡張望，小聲兒評論著那兩個比賽者，他們對鴨鬥都感到極大的興味。

「人糞先生拱得多有勁哪！」一個聽差說。

「保不穿泡先生多靈活！」一個女僕壓著嗓子叫，「扭得像一條蛇一樣。瞧瞧他老人家那個臀部——真虧上帝造得出這麼一副好的——要怎樣就怎樣。」

「唔，你頂歡喜這種樣子的。」

「呸！殺千刀的！亂嚼舌根！」
「別嚷別嚷！他們叫了！」
那幾位廣告員也在那裡小聲評論著：
「驢皮，你聽！——大糞先生的嗓子可真洪亮！」
「保先生嗓子也不壞呀。」那位驢皮先生答，「大糞先生的嗓子真是個『貝斯』嗓子，頂高也高不過『巴里東』。小螺你說是不是？」
那位叫做小螺先生的點點頭，於是驢皮先生又往下說：
「可是保不穿泡先生呢，嗓門兒高些。保先生要是捏出假嗓子來，那真活像娘兒們，叫得出女高音，也就是——梭——梭——梭拾拉諾——保先生原是很會唱歌的。」
「那不然！」小螺先生右手輕輕一揚，「唱歌是不許用假嗓子的。」
「誰說不許？」驢皮先生反駁起來，「從前是不許，我知道。然而後來有些新派音樂家聽見熱帶人士唱歌是用假嗓子的，可又唱得那麼叫人著迷，好像要做夢似的，從此以後，聲樂界就頒布一條新法律，准許軍民人等用假嗓子唱歌在案了。」

「六對六——『丟斯』！」土生叫。

一下子——大家都靜了下來，全神貫注地看著那局比賽。

不管觀眾怎麼議論，可到底是大糞王厲害些。他又連勝了兩分：贏了這一局。於是大家拍起手來，接著大家又談論了一會——為什麼大糞王會取勝，而保不穿泡是怎樣一來才失著的。

「土生舅舅，」大糞王叫，「來一局吧？」

土生年青的時候很會玩這個。從前吃吃市紡織業同行舉行鴨鬥比賽，他得過兩次錦標。可是現在——

「我老了，」他微笑了一下，「我的『鴨尾』也沒那麼有勁了。」

不過他也跟大糞王來了一局。這可就不怎麼精彩，雖然看得出土生還有一種老將風度，可是不大有力，也不大活潑。大糞王呢，也鬥得很客氣，似乎故意要讓那位老前輩幾分。

觀眾也就不去注意誰勝誰敗了。那些聽差和女僕也散去了。那些廣告員這才記起了正經事，就擁到保不穿泡面前談起來。

現在是格隆冬跟大糞王玩鴨鬥。土生坐在旁邊休息，順便含個哨子在嘴裡做他們的裁判，一面揩著臉上的汗。

忽然他聽見保不穿泡叫：

「你們真無用！你們真無用！」

土生吃驚地掉過頭去瞧，才知道保不穿泡在那裡罵幾位廣告員。

「這一向我們的中心工作——就是對付香噴噴，這你們難道還不明白麼？」保不穿泡叉開兩條腿站著，兩條膀子揮著打著手勢。「可是你們有了些什麼成績呀？你們自己想想，看慚愧不慚愧！你們這批人裡面——有的是演說家，有的是作家，有的是記者，有的算是小小名流學者：那麼你們就該用你們的演講，用你們的文

章，去對付香噴噴哪。然而你們什麼成績也沒有！公司裡每月付給你們那麼多錢，簡直是白付的！帝國工業博覽會馬上就要開幕了，我再三對你們講過，這是個競賽會，我們要好好準備。可是你們幹了些什麼？安排了一些什麼？你們替公司盡了些什麼力？你們自己想想——該不該臉紅！」

那位驢皮先生低著頭，報告了一個成績：

「我昨天在帝都大學附屬中學演講了一次，題目叫做〈帝國之紡織業〉。」

那位小螺先生也低著頭，也報告了一個成績：

「我在帝國商業月刊上發表了一首十四行詩，題目叫做〈布匹與七弦琴〉。」

還有一位廣告員也低著頭，正要報告他的成績，保不穿泡可嚷開了：

「夠了夠了，先生！幹了這麼點兒也來報功！你們光只是演講，光只是寫十四行詩，這就算了事了麼？你們只擺出學者詩人的派頭來，就夠了麼？我告訴你們，幹我們這一行的人——要有十七八副嘴臉才行：上等人那裡混得進，下等人那裡也該混得進。你看我的！開博覽會那幾天我要親自出馬，讓你們學學樣。好，晚上再談！」

土生可又出了神：

「他們玩出了這麼多花樣！為了什麼呢，這是？」

十

保不穿泡那麼大咧咧地教訓了驢皮、小螺他們一頓，他們倒也沒有什麼話可以說。保不穿泡是肥肥公司的一個大股東，又有錢，朋友又多，所以他當然是帝國裡的一個名人了。並且他還常常演講，常常對新聞記者發表談話。他是很有學問的。帝都的交際場中很歡迎他，學者名流也喜歡跟他談天。

於是驢皮問小螺：

「我們那位保先生——他到底是學什麼的？」

「誰知道？好像他什麼都懂。」

「我看，他恐怕是嚼舌科畢業的，一嚼起舌頭來，講到哪裡就是哪裡。」

然而保不穿泡的確有保不穿泡的長處。你看看他像個紳士吧，甚至於像有貴族血統的吧。真是，他的確很高貴，真正是道地的帝國上流人。可是他一樣的能夠去幹粗事。你要是叫他穿一身小丑衣裳，到馬路上去兜攬生意，講一套賣把勢的話逗得街上的人高興——他可也幹得極其在行，而且他也真肯去幹。

談到這一層，小螺就說：

「那我當然及不得他。我到底也是個世家子弟，又是正式大學的畢業生。叫我到馬路上去說相聲兒，我可做不來。」

「難道你還是想要幹你所學的玩意兒——做個詩人麼？」驢皮憐憫地瞅了小螺一眼。

那位小螺先生倒認真地點了點頭：

「不錯，我只想唱我的抒情詩。」

「抒情詩！」驢皮先生笑了一下，「可是你寫了些什麼抒情詩呀——

『紡織神已是降生在我們這裡，

請諸君認明大糞為記。』……」

小螺先生臉紅了起來：

「不要這樣挖苦我吧。老實說，這些詩都不是我自己要寫的詩。我其實想要做一個真正的詩人。可是我得吃飯哪，可是我也寫過真正的詩的。」

接著小螺就告訴驢皮，他那些真正的詩——投稿投不出去。只有夜鶯先生肯提拔後進作家，登過他兩首詩。

「有多少稿費呢？」驢皮等不及地問。

「豐富得很！」小螺說，「那家書店寄來了兩張書券，每張書券值五角錢。書店裡還附了一封信來。我因為這封信很值得保存，所以我就把它隨身帶著，那麼我就可以隨時拿出來讀讀，可以隨時記起這些出版家賜給我的恩惠。你要不要看看這封信？」

說了就打衣裳裡掏出了一本日記簿，那兩頁信就夾在這裡面。驢皮先生這就畢恭畢敬看起這封信來：

小螺先生大鑒：

本店為文化界服務，絕對忠實，即虧本亦在所不惜。頃接編輯部通知，謂臺端有詩二首，已在本期《律呂月刊》刊出，請照章酬致稿費云云。惟經本店反覆調查，知足下實係一新進作家，決不酬以現金。蓋新進作家初出茅廬，不知生活之艱苦，手頭有錢，即揮霍無度；而該新進作家若得錢而捨不得花掉，又將養成吝嗇之習。總之，金錢萬惡，本店絕不肯以此萬惡者貽害足下。此蓋出於本店愛護後生之一片苦心也，故謹以精神糧食為酬，贈書券二紙，可以隨時至本店換取各種偉大作品（限於本版書）。若臺端能介紹尊友購書五元以上者，則予臺端以九五折之優待。專此敬請

撰安

舍利書店謹啟

「哦，就是舍利先生開的那個書店！」驢皮把這封信還給小螺，「對青年們真真愛護得周到，怪不得舍利先生那麼出名哩。後來你選了哪幾本精神糧食來吃的？」

小螺仍然把這封信很謹慎地夾到日記簿裡，一面告訴驢皮：

「那時候我身邊一個錢也沒有。不過也還是很高興，我就帶著這兩張書券到了書店裡面。我沒有錢坐車，害我跑了十來里路哩。」

說著，他就回想起那天的經過，嘴角就不知不覺抽動了一下：不知道他是微笑呢，還是怎麼。

原來他那天在舍利書店看來看去，總選不出適當的書來。中意的書本有的是，可是翻開這本看看：實價一元五角。翻開那本看看：實價三元！找出圖書目錄來查一下，可沒有一本是賣五角或一塊的書。

小螺先生既然沒有帶錢，就只好去找那些價錢不超過書券額的書。

唔，他運氣不錯，他發現有一套叢書——每本實價三角。這就是著名的《人格修養叢書》。全是舍利先生自己的大作。每一冊全都是二十一面，每一冊全都是一萬三千九百六十五個字，不多也不少。

「您最好是買全套的，先生。」一位女店員替小螺打了個算盤，「買全套上算得多。一共二十種，只要五塊四角錢。這全是極好的書，極有價值的書。舍利先生特為寫出這些書來指導世人，所以定價特別低廉，使窮些的讀者也有個機會修養他們的人格。」

可是小螺先生只打算買三本。他要選三本最好的。於是那位女店員給弄得十二分驚異起來：

「最好的！這可怎麼選法呢，先生？這全套全都是這麼好的。」

不過她看見這位買主極其固執，就只好讓步，抽出三本來介紹給他：

「如果您實在要挑選呢，那勉強揀得出這麼三本。這三本書得過帝國文部的嘉獎，這三本書——在兩年之內就銷了五十幾版，可見得這是最有價值的著作。帝國學院的會員也都說，這三本書是這套叢書裡頂有倫理學價值，頂有深刻的理論的。不但專門學者要研究，普通人也必須讀它。」

小螺先生就真的把這三本書拿到手裡看了一看。

第一本叫做《在公共場所不要赤身露體》。內容是說，一個人在公共場所不要赤身露體，否則就既不衛生，並且有礙觀瞻，那是不好的。

第二本叫做《夫妻間要互相和好》。內容是說，一對夫妻要互相和好，否則就既傷了對方的感情，並且於自己也沒有幸福，那是不好的。

第三本叫做《不要把香蕉皮撂在路上》。內容是說，一個人不要把香蕉皮撂在路上，否則就既會使人家踹著摔一跤，並且自己也許有可能會踹著摔一跤，那是不好的。

「您看書看得好快呀。」那位女店員很客氣地說。

「篇幅本來不多，」小螺解釋著，「並且這些書——不但文字寫得順溜，內容尤其通俗：這樣的好書當然容易看下去。」

「這裡寫的句句都是真理，您看看第十五頁所寫的。」女店員說到這裡，就背了一段文章。

那位顧客可吃了一驚。她竟背得出！於是她很耐煩地說給小螺聽：

「我們這裡的店員，都仔細研究過舍利先生的《人格修養叢書》：全套都背得出，我們來投考店員的時候，這一門是必須考的。所以每個來報名考店員的人，早就買了一部叢書去讀熟了。可是——先生，您只買這三本麼？」

小螺因為自己還沒有結婚，用不著那本《夫妻間要互相和好》，另外換了一本《在店裡買東西要照價付錢》。可是那位女店員再三地勸他還添買一本《看見老前輩的時候要脫帽打招呼》。後來看見這位買主硬只肯要三本，她就惋惜地嘆了一口氣。

然而問題又來了。小螺先生一把書券拿了出來，那位女店員就叫起來：

「哦，是書券呀？那麼您更加應當添買一本了：四本是一塊二，你補兩角錢給我，那不是很合適麼？」

小螺先生不肯：

「那麼我更加不應當添買一本了：三本是九角，您找一角錢給我，那不是很合適麼？」

「不行，先生！這種書券來換書，我們照例不找現錢出去的，所以您非補點錢多買點書不可。要不然——您拿著這書券就沒有用處。」

有什麼辦法呢。小螺只好眼巴巴地望著女店員把這些偉大作品收到玻璃櫃裡去，再四面張望張望。可就發現了許多極可愛的東西：那是一些複製的圖畫和小小的石膏像，每件定價五角！

老實說，他恨不得全都買下來，這可真像那位女店員所說的——「這全套都是這麼好的。」他看來看去弄了老半天，才算選上一個荷馬半身石膏像，一幅三色版的莎菲畫像。可是——

「這是文具，」那位女店員說，「書券只能換書。要文具券才可以換文具。」

小螺失望得連心都停止了跳動似的。他抹了抹臉上的汗，就只好老實告訴那位女店員——他口袋是怎麼一個情形，他從家裡到這裡有多遠。他要求她特別通融，把他的書券換成文具券，免得他空手回去，那位女店員聽了，很可憐他——

「好，我替您到經理部去問問看。」

那位女店員拿了小螺的兩張書券剛剛走進去——這門市部隔壁一間會客室裡

就有一個男子聲音吼了起來：

「喂！站住！你就這麼熱心——要替人家去交涉換文具券麼？」

一聽到就知道這是鼎鼎大名的舍利先生的嗓子，因為小螺聽過他的演講的，料不到那位舍利先生在隔壁會客室裡會客，這裡的一場買賣交涉全被他聽去了，竟惹得他忿忿不平起來。

「這批後進作家真沒有辦法！」他咬著牙嚷，「人家好意送他幾張書券，他倒揀精挑肥——又要換什麼文具券！哼，又偏偏碰上你這麼一位大慈大悲的南海觀世音菩薩——丟了正經生意不做，倒要替他跑上跑下到經理室去開談判！你用不著去問！我告訴你，要換就得做六折計算：五角的書券只能換三角的文具券。聽懂了沒有？他要換一塊錢文具，他得補上四角錢來。聽懂了沒有？」

「懂得了。」那位女店員的聲音帶顫。

「站住！不要走！」舍利先生又叫，「還有一件事我不答應你：人家既然不存心買書，你為什麼要把書給他看？這裡是書店，不是圖書館！你就那麼讓他把幾本書都看完！要是個個人都把我們的書在那裡看完了，他們就用不著再買我們的書了，你去對他講：他既然看完了那三本書，他就非買去不可！」

那位女店員很同情小螺，就撒了一個謊：

「他並沒有看……」

「哼，沒有看！你既然救苦救難，替他包庇，那麼這筆損失你來賠償好了：到月底我叫經理部扣你九角錢薪水！」

小螺差點兒沒暈了過去，後來就糊里糊塗走回家了，可是以後倒跟那位女店員做了朋友。他替她可憐。

現在小螺把這些經過講給驢皮聽的時候，還激動得直哆嗦。

「你當時怎麼不給舍利先生幾個耳光？」驢皮也很氣忿，「要是我——哪！哼！」

小螺有好一會兒不開口，隨後嘆了一口氣。

「我當時沒有使性子，也許要算是我的怯弱。其實我是想要留個地步，不願意鬧得太難看。我總還是想要替我的作品找個出路的，憑良心說，肯提拔後進作家的——到底只此一家。我怎麼能夠斷了這個唯一的門路呢？」

驢皮先生這就安慰起小螺先生來：現在可好了，用不著去投稿碰釘子了。驢皮先生還勸著那位詩人：

「你索性就死了這條心，一心一意替公司裡當差吧。」

然而小螺可非常堅決。他說他現在幹的這行當是不得已，只是混飯吃。他不能就這麼一輩子替老闆做廣告詩。

「老實告訴你吧，」他說，「我如今在公餘之暇，在那裡寫一首長詩，一首敘事詩。將來我總要想法子出版。」

驢皮先生就可憐他不懂事似的瞧了他一眼。至於驢皮先生自己——那可沒有那麼多幻想。驢皮先生是個切切實實的人，所以他也就對朋友說了幾句切切實實的話：

「我勸你不要瞎想心事了。我們現在幹的這個行當——的的確確是個很有指望的行當。要是你好好幹下去，爬得有老闆那麼高了，那你什麼事辦不到！你自己也可以開一家大書店，左一套叢書右一套叢書地寫出來，印出來，去教訓世人怎樣修養他們的人格。並且你還可以兼辦提拔後進作家的事哩。那時候誰都得恭敬你，擁戴你，因為你是實業家。全帝國的臣民，誰不恭敬實業家！所以你得當個好廣告員：這是你去做詩人的唯一途徑。況且，我看，你要是學到了做廣告的本領，你將來一寫起詩來，寫起書評來，也一定要方便得多。」

「唔，這倒也是事實。」小螺想了一想。

「那麼——不要苦悶了吧，好朋友。識時務者為俊傑。咱們幹一行就學一行，也好圖個出身。帝國工業博覽會明天就開幕，去看看咱們保不穿泡先生怎樣顯本事，明天一早我來邀你。」

第二天上午七點鐘光景，驢皮先生果然到了小螺先生那裡。兩個人一同走到了街上。小螺先生一晚都沒有睡好，盡在那裡想像他怎樣做了一個大詩人，那位舍利先生怎樣跪在他面前求他賜一點稿子給他。這麼越想越興奮，到天快亮的時候才睡著了一覺。

雖然現在他很疲倦，可是街上的那種熱鬧勁兒又刺激得他提起神來。

滿街上都是各公司的廣告，弄得花花綠綠的非常好看。許多許多車馬行人，像潮水一樣向石人廣場那個方向流著。有些公司還弄了化裝隊沿路表演。有些公司還出動了大規模的弦管樂隊沿路演奏。

香噴噴紡織廠的玩意很出色：用他們製造出來的各種布，各種綢緞，各種毛織品，紮成各國各民族建築物的模型，上面還灑了些什麼香料。還紮了一座小花園，插著幾千幾萬玫瑰花，中間巧妙地做了一個噴水池——噴出幾股檀香香水來，濺得滿街上都香噴噴的。

街上有位女太太說：

「香噴噴先生的小姐，就叫做玫瑰小姐。玫瑰小姐正是今天生日，我曉得的。所以紮上這許多玫瑰花。」

另外有一位太太反駁她：

「玫瑰小姐分明是後天生日。哪裡是今天！」

那頭一位太太正開口要反駁，忽然聽見後面一聲怪叫。她們回頭望了一望，就瞧見有七隻丈多高的鐵鑄的鴨子，一面搖搖擺擺走來，一面嘴裡發出叫聲。這是金鴨煉鋼廠的花頭。

「哈，」驢皮先生興奮得叫起來。「我們帝國多偉大呀，多繁榮啊！咱們生在這麼偉大的時代，生在這麼偉大的帝國裡，你不覺得這是個幸福麼，朋友？不幸福麼？」

那位小螺先生回答說：

「我看那些公司——一定是有些藝術家在那裡替他們設計的，不然就不會弄得這麼美。」

帝都人的確都能夠欣賞這種美。有些畫家就在人行道上作速寫，有些攝影家就在那裡拍照。小螺先生還看見一位他的同學——如今已經算是成名的新進詩人了——叫做香草先生的，正站在馬路旁邊寫著詩。

「喂，小螺！」香草先生一抬頭就嚷，「你怎麼不也學學我——寫幾首詩？這樣的場合，還不能給你靈感麼？你真正應當努力才好，小螺！」

原來香草先生的處女作——也是在《律呂月刊》上發表的，不過比小螺先生的詩早一期登出來，所以他就用一個老作家身份來鼓勵後進了。所以他又說：

「你們初學寫詩的人，總要隨時隨地抓住你們的靈感才好。你們看了這些公司的廣告，總以為不配寫詩。但是你要明白：商店廣告之美，跟詩之美原是統一的。」

「哼，你是……」

「別嚷！我靈感又來了！我要趕緊寫我的詩。你走吧，再會！」

一會兒小螺跟驢皮兩個就被許多行人擠到前面去了。這些人都是一邊走，一邊看，兩腳不由自主地跨著步子，嘴裡還批評這個那個的。

然而有一種作品——大家看了都不了解。這是大幅頭的彩色繪畫：有的貼在牆上，有的在街中心掛著。都畫著一樣的東西，大概是印的。

「這到底畫的是什麼呀？」

誰都猜不透，「似乎是一條蛇在那裡盤著吧，可是也不像。好像是畫著一堆蚯蚓吧，可是也不對。」

至於顏色呢，可又黃色不像黃色，棕色不像棕色：糊里糊塗抹上了那麼一團。上面還畫著一個紅色的很大很大的「？」號。

帝都的每個人——差不多都在那裡發愣，因為帝都的每一條街上都貼著這種繪畫，每隔丈把遠就看見這麼一幅。

到了八點鐘，帝都的幾條大街上可就出現了一隊隊的神祕人物。每一隊大概有三十來個人，都帶著面具，穿著白袍，袍子上都繡了一個紅色的很大很大的疑問號。他們每人騎著一匹馬。後面拖著一輛大車——上面載著一個偉大的雕塑作品：正跟那些古怪的繪畫是同樣的內容。誰也看不出是用什麼原料做成的，也是那麼黃不黃，棕不棕，蛇不像蛇，蚯蚓不像蚯蚓的那麼一大堆。

有些人實在氣悶不過，就去問那些白衣怪人——這些作品所表現的到底是什麼東西。可是那些白衣怪人只指指身上的疑問號，一句口也不開。

帝国工业博览会开
WE

小螺和驢皮前面走著一個長頭髮的青年，左手裡抬著一隻提琴匣子，右手指著那些不可解的繪畫，很有把握地說：

「這幅畫——一定是大藝術家牛蹄子先生的作品。一定是他畫的，全帝國也沒有第二個人畫得出來。你看，這表現得多麼有魄力！」

「的確很像是牛蹄子先生作風，」另外一個答嘴，「可是那個疑問號呢？是不是也是牛蹄子先生畫的，你看？」

小螺聽了可也忍不住要參加進去了：

「那個疑問號大概不是牛蹄子先生的手筆。」

「何以見得？」那個長頭髮回過頭來打量了小螺一下，這麼問。

「我是不懂得繪畫的，」小螺被問得不大好意思的樣子，「我只是看這個疑問號畫得叫我們都了解，都知道這是疑問號。所以我就猜這不是牛蹄子先生畫的。」

那個長頭髮很高興地說：「啊，不錯不錯！牛蹄子先生是現代藝壇宗師，他怎麼會老老實實畫出這麼個疑問號來？像這種畫法——把疑問號畫得十分像疑問號，這就是學院派的畫法了。而牛蹄子先生呢，是最反對學院派的。至於學院派——」

話還沒有說完，後來的人擁了過來，擠得他們轉了彎——到了餘糧大道上。

這裡到石人廣場只有半里路了。這裡張貼著的那種古怪的繪畫更多，而且幅了也更大些了。這裡所貼的畫，除了那個疑問號之外，還寫上了兩行大字——

「這到底是什麼東西？

一到博覽會便會明白。」

大家這就加快步子，往石人廣場走去。連那位長頭髮也不發議論了。一到了那廣場，大家也來不及從從容容去看這博覽會的偉大建築，也來不及看看各種更美麗的廣告，只一逕擠進會場——急於要把那個啞謎弄個明白。

果然，會場裡有個地方，懸著這麼一幅畫，上面有幾個字：

請認明大糞為記

十一

帝國工業博覽會——肥肥公司占了一個很大的地方，正跟香噴噴公司占的地方是面對面。香噴噴公司還布置了一個露天花園，預備了一些茶點招待參觀的人。肥肥公司也在那邊布置了一個露天花園，預備了一些茶點招待參觀的人。

小螺和驢皮一到了那裡，保不穿泡就把那些男女廣告員叫攏來，好好地把他們安排了一下，一會兒指著這個，一會兒指著那個：

「喂，你去邀那些參觀的人來用茶點。你也去，還有你，你們這幾個到處去跟人家攀談，談到後來就設法邀他們來吃點心。其餘的就留在這裡——仔細聽那些客人談什麼。如果碰見了書呆子，那麼你們這幾個就分別跟他們談哲學，談藝術，談上帝：看他們來的是哪一路經，就跟他們談哪一路經。至於你，還有你，還有你，你們這幾個就負責招待太太小姐們：因為你們長得漂亮些，衣裳也入時，並且你們都知道絲襪幾個錢一雙，香水什麼牌子的最好。」

另外還有一批見習廣告員，還有助手，還有臨時雇來的招待員，也都這麼一路一路地分派好了，於是這些男男女女的辦事人都預備開始工作。保不穿泡可又想起了一件事：

「哦，不錯。來賓裡面——總不免還有一種極其輕視女性的先生們：他們對女性可憎惡得很，一提起來就罵，就挖苦，仿彿一切人生的不幸，都是女人們造成似的。對於這種來賓。就該特別小心……」

驢皮先生很懂事的樣子插進嘴來：

「對於這種來賓——要完全由男子去招待。」

「哼，你聰明！」保不穿泡嚷，「要完全由男子去招待麼？——那你非失敗不可，先生！要招待那些憎惡女性的來賓，絕對要由女子去幹，而且要挑選幾位最女性的女子去幹，這才能使他們真心喜歡。」

「道學先生呢？」有一個人問。「我們帝國有些先生們——告誡世人勿近女色。還有些老教派中人，都是絕對的禁欲主義者。這些來賓該怎樣招待呢？」

「那就該用最妖冶，最愛嬌，最會賣俏的女人去招待，」保不穿泡回答得很快。好像是不假思索似的，「並且要招待得小心，因為這種來賓——口味往往是很刁的，胃口也很強。可是萬不能在大庭廣眾之間招待，而要請他到『雅座』裡去單獨招待。然而你們要留神：要是發現內中有個把是天閹，那趕緊就換上男子來招待，並且絕對不要提一丁點兒兩性間的事。」

這麼著就分派得停停當當的了。可是小螺先生覺得有點為難，他結里結巴地告訴保不穿泡：

「您派給我的差使，我——我——先生，您叫我賣嘴，我幹不來。您改派我去幹點摸筆桿的事吧。」

保不穿泡正要走開，這裡就停住了，側過臉來瞧著小螺先生，然後把眉毛皺了起來：

「唉，你們這批著作家真要命！我看你也該學學賣嘴的行當才好。著作！著作！——這有什麼好出息！我老實告訴你，著作事業是沒有什麼價值的，只有演講才有價值。」

「唔。」小螺勉強應了一聲，咽了一口唾涎。

可是保不穿泡又怕小螺嘴笨誤事。他想了一想。「以後你該練練你的舌子了。至於今天呢——唔，好吧，你就去弄幾首詩，在露天花園裡唱唱吧。」

這天小螺就在這裡唱了一整天詩。不過他的嗓子不見得十分高明，並且他仿佛還有點羞臊似的，聲調很不自然。他生怕保不穿泡聽了又會罵他，這麼一提心吊膽，就更加唱不好了。幸虧保不穿泡很忙，跑來跑去的沒工夫去理會他，只是有時候一聽見，就狠命瞅他一兩眼而已。

一到了晚上，小螺詩人才算交了差。晚上可有些更精彩的節目，頂吸引來賓的是——磁石太太的歌舞。

保不穿泡早就叫他手下那一批廣告員宣傳了一頓，還叫小螺馬上做首詩來讚美磁石太太。但其實用不著操這許多心：來賓們一聽說磁石太太會要來，早就在門口張望了。

「為什麼還不來？」有一位來賓等得不耐煩起來。

「大概還在那裡陪大糞王吃晚飯哩。」另外一個說。

還有一個愛開玩笑的，就問：

「吃的是什麼晚飯？——在餐室裡吃，還是在臥室裡吃？」

「呸！你以為你這句話很幽默，是不是？」又有一個人叱著他。

「我幽默我的，干你屁事！你配來教訓我？你是什麼東西！」

這兩個人正打算要吵嘴，可有一位年老的紳士出來做和事佬。他說，凡是帝國的好臣民，都該愛護那位磁石太太。

「我們帝國現在有三寶。一個是大發明家大科學家科光先生，代表『真』。一個是老聖人，代表『善』。一個就是磁石太太，代表『美』。這三寶——我們都該愛護。大糞王跟她吃吃晚飯，也不過是一個愛護之意。你們何必因此抬杠呢？」

這時候有個長頭髮的青年，手裡拎著一個提琴匣子——這就是小螺在路上碰見的那個人——他忿忿不平地叫：

「老先生！您說磁石太太代表美，那麼您置牛蹄子先生於何地呢？」

那位老先生一看就認得這個青年：

「哦，金羽先生！您不認識我麼？——我叫做好心眼，是做顏料買賣的。我跟牛蹄子先生最要好，他是我的一個大主顧，他的繪畫所以那麼高明，那全靠我的顏料，所以我很尊敬他。不過他本人可並不能代表美：我是這麼個意思，我並沒忽視這位大藝術家。請金羽先生不要誤會。」

「那就算了，」那位長頭髮的金羽先生平了氣，「牛蹄子先生本人不是美，他只是美的創造者，您是這個意思不是，好心眼先生？」

好心眼先生點了點頭。等那位金羽先生一走開，這位好心眼先生可又對旁邊的人說：

「牛蹄子先生最拿手的是刷顏料。他作品的美，那就是顏料美，所以——要講得公平一點，那美的創造者其實是我們好心眼顏料公司。」

「就要來了，就要來了，」有一位攝影記者跑了過來，「哈呀，好容易！磁石太太晚上的表演——那真非看不可！」

驢皮先生也鑽了進來，大聲說：

「我倒偏不相信。為什麼非看不可？」

「什麼，你連這個都不知道麼？」那位記者搖搖頭。

「唉，先生，那你真不配做個金鴨人。磁石太太馬上就要出國，要到各國去表演去了。」

「哦！」驢皮先生接嘴。「讓全世界的人看看我們帝國的藝術！啊，偉大！啊，真偉大！真偉大！」

那位記者輕輕地拍拍他的攝影機匣子：

「所以呀！磁石太太這次表演之後，就不再在國內登臺了。磁石太太還特別製了一套新裝，頂漂亮不過：就為了這次表演才做的，這次表演是臨別紀念。以後可就不知道哪一年才能看見她的戲哩。」

驢皮搔了搔頭皮。他看見許多人都在這裡聽他倆談天，於是又問：

「這樣說起來——那麼磁石先生已辦好了一個大規模的戲班子了？」

「那當然，資本雄厚得很哩。」

「可是磁石先生哪裡來的這麼多錢呢？」

「唉，這也要問。磁石太太出國演戲，當然是為了要替帝國爭一點光榮，所以就有一個最愛國的人出錢幫助她。」

「啊！」驢皮先生大叫了一聲。「這個人真偉大呀！是誰呢？」

「你猜。」

驢皮先生可猜不出。那位記者就提一提醒他：

「這個人是個工業家，又和善，又慷慨。他並不想要賺錢，他只是為了帝國才辛辛苦苦去辦工廠的。你猜吧。這一位最可敬的老闆是……」

「大糞王！」驢皮先生猜到了，「一定是大糞王！再也沒有第二個人。一定是的。大糞王！」

「的確不錯。真聰明。」那位記者連點了好幾下頭。「當然——除開大糞王，就再也沒有這樣熱心的人了。他辦的事業都不是他個人的事業：他是替我們帝國辦事業。我是帝國的一個臣民，所以我總是買他的貨。」

這時候好心眼先生可忍不住要插嘴了：

「先生，我問你，肥肥公司那幅廣告是不是牛蹄子先生畫的？」

那位記者還來不及回答，就聽見有一個人嚷：

「啊呀，真臭！有一股大糞臭——臭不可當！」

於是有好幾位太太笑了起來。

肥肥公司的那些廣告員都吃了一驚。一看——原來是他們的對頭，香噴噴公司的推銷課主任。叫做吹不破先生。吹不破先生又說：

「太太們！你們願意買那些有大糞的布麼？」

太太們又笑了。

那位吹不破先生也是個能幹角色。有人說他是街上變把戲出身的，又有人說他母親是一個妓女，他在堂子裡當過小廝。可是有一個跟香噴噴公司有關係的報紙上說：他是香噴噴先生的表侄，也是個世家子弟。可是不管怎樣，現在他總是金鴨帝國的一個名人了。

他也像保不穿泡一樣，替他的公司布置得很周到。他預備了一個茶話會，請鼎鼎大名的剝蝦太太來演講。這時候剝蝦太太正到了會場，吹不破先生親自出來迎接，還有許多太太們也夾在裡面。他聽見驢皮他們說的話，他順便來了那麼兩句，就擁著剝蝦太太走進香噴噴花園去了。

肥肥公司的那些廣告員都沒回嘴，只是你看看我，我看看你。驢皮先生愣了一會兒，就吧嗒吧嗒跑去找保不穿泡。

保不穿泡正從鴨鬥場走出來，瓶博士在他旁邊——一面歪著身子走著，一面動著幾個手指在那裡談什麼。驢皮先生只聽見一句——

「……這樣就可以節省三角四分五的開支，而這三角四分五要是投到生產部門裡去，那就……」

「做什麼？」保不穿泡一看驢皮就站住了。

四面的燈光照著驢皮先生那張出汗的臉，好像塗了一層油似的，到處都有人來來往往，嘈雜得很。這裡那裡還有各色各樣的樂隊在奏樂。驢皮就不得不提高嗓子報告剛才的事，說得直喘氣。

保不穿泡可滿不在乎。聽完了就輕輕地冷笑一下：

「這小鬼！——他竟敢侮辱我們公司！你們為什麼不回嘴？」

「他走開了。他接了剝蝦太太，還有許多太太。」

「哼！」保不穿泡嘴角不由得往下一撇，「剝蝦太太雖然出名，可總不如一個漂亮女戲子那麼吸引來賓。他以為他的辦法很巧妙哩。哼！」

驢皮看看他，似乎問他該怎麼辦。他拍拍驢皮的肩膀：

「去吧，別耽誤工夫，你們也去挖苦挖苦那家公司。還叫小螺寫十二首詩去詠詠香噴噴——限他半點鐘以內做好。」

瓶博士等驢皮去了之後，就抿緊了嘴，靜靜地跟保不穿泡走著。可是一會兒又皺著眉嘆一聲，一會兒又微笑了一下。逗得保不穿泡忍不住要問他：

「為什麼不開口了？」

「我想到了一件大事。」

保不穿泡等他自己說下去，可等了個空。

「什麼大事？」

「唉！」瓶博士嘆了一口氣，「我們失敗了。」

「什麼，什麼？——我們會失敗？」保不穿泡站住，張大了眼睛看著瓶博士，好像瓶博士臉上有什麼東西叫他嚇住了似的。

瓶博士向旁邊跨出一步，以便鞠躬。他行了一個禮，這才慢吞吞地說：

「保不穿泡先生，您是替公司服務的，我也是替公司服務的，所以我跟你是同事，不是麼？」

「唔，」保不穿泡說，「怎樣呢？」

「我們既然都是替公司服務，那麼我們處處要為公司的利益打算打算，不是麼？」

保不穿泡等了一會兒，可又沒有聲音了。

「有話就放開來說呀，我的好博士！」

瓶博士鞠一個躬：

「剛才我問您的話，您沒有回答，所以我——」

「哦，是的是的！咱們倆都該為公司的利益打算打算。好了，您說吧，咱們公司怎麼是失敗了？」

「這是這樣的。」瓶博士開始說了起來：「我雖然是專門研究經濟學的，可是心理學方面的問題——我也研究過。現在我們是生存在一個商戰時代，我們不得不學學商戰的戰略。我的先生黑龜教授就有一個學說，主張把經濟學家訓成商戰的參謀，他老先生有許多祕訣，從事商戰一定可以取勝。我花了許多本錢才學到了這些祕訣，裡面有一條叫做知己知彼，就是說要知道敵情，並且——當然，還要知道自己的——啊。這就要懂得心理學了，不是麼？」

「對，對。」這回保不穿泡趕緊回答。

「承您這麼肯定回答，我很感激，」瓶博士欠了欠腰。「您一定也研究過廣告心理學。我不知道您是不是跟我屬於同一個學派。至於我呢，我是黑龜學派。如果您跟我不是同一個學派的話，那麼我的主張——您就會覺得——我的意思是說，那樣一來，那麼您就有您的看法，我有我的看法。所以我想，我還是不說的好。」

後來瓶博士看見保不穿泡發了毛，這才發表了他的見解。他認為香噴噴公司一拉上了剎蝦太太，可就能拉上了許多生意。

「哈，那你放心，」保不穿泡鬆了一口氣，「來，咱們去看看剎蝦太太能有多大號召力吧。」

十二

這時候香噴噴花園裡——剎蝦太太的演講還沒有開始，只在那裡一面吃茶點，一面跟人閒談。可是香噴噴花園裡已經有了許多來賓，大部分是女客。

「哼，這算什麼！」保不穿泡看了，就對瓶博士輕笑一下。「等我們磁石太太一到場，我們的來賓總要比他們的多十倍。」

「然而剎蝦太太能夠吸引許多太太們，」瓶博士慢吞吞地說，「剎蝦太太是——」

忽然會場裡起了一陣騷動。許多人都往大門那條道上跑，原來是磁石太太到了。於是保不穿泡趕緊跑過去歡迎。

瓶博士正也要跟著走去，可是剎蝦太太已經發現了他。

「哦，瓶博士！您好？」

這位剎蝦太太有五十歲上下，長得胖胖的，胸脯老是挺著，脖子老是昂著，顯得又高貴，又莊重。就是笑起來——有一個婦女刊物上說她連笑也笑得極有分寸，還登了幾幀照片做範本：對什麼人有一種什麼笑法。現在她對瓶博士就採用了一種對學者們的笑法：稍微把牙齒露出了一點兒，稍微把臉子偏著一點兒，很文雅地點了一個頭。

又有人說她——只要一跟學者們談天，連聲調裡面都帶著熱情，以示敬愛之意，這是一點也不錯的。

「哦，瓶博士！瓶太太為什麼沒有來？她有病麼？她忙著家務不能出來麼？為什麼？哦，瓶博士！請您告訴我，務必要告訴我。」

瓶博士正要答話，她又說了下去：

「哦，我很佩服瓶太太。您能做一個大學者，當然是瓶太太的功勞。第一點，她一定是勸她丈夫努力研究，所以您就能夠得到博士學位。第二點，她一定是能夠治家，使她丈夫放心去研究學問。凡是學者的太太都是這樣的，瓶太太當然不能例外，所以瓶太太是一位正派太太，她其實是很有資格加入勸夫會的。哦，瓶博士！瓶太太為什麼還不加入我們勸夫會呢？為什麼呢？有什麼理由麼？」

剝蝦太太自己就是勸夫會的會長。她對於會務可熱心極了，所以不等瓶博士開口，就又接著說：

「哦，瓶太太實在應當加入勸夫會的，您一定知道勸夫會的宗旨，勸夫會章程在許多雜誌上登載過。在勸夫年鑒上也登過，在《好太太月報》上也登過，在《烹調週刊》上也登過，還有那個雜誌，那個——」

她一時記不起來，就回過頭去叫：

「喇叭太太！那個什麼雜誌呀？」

瓶博士看見磁石太太已經進了會場，還有大糞王他們和磁石先生也都到了。瓶博士急著要走過去，就什麼都答允了剝蝦太太：

「好，好。我勸我的妻子加入貴會就是，貴會的宗旨我已經知道了，再會。」

「哦，不！哦，不！」剝蝦太太趕緊嚷著。「您真的知道勸夫會的宗旨麼？哦，瓶博士，您真的知道麼？那麼——我可不可以請您說說看。會章的第一條就是『宗旨』，這是——呃？」

可是瓶博士背不出。於是剝蝦太太微笑起來：

「哦，是的。這會章是登在幾個婦女刊物上的，老爺們當然不會看到。我想您一定是急切地想要知道。我為滿足您的希望起見，那麼——喂！香草太太，請你拿一份會章來給瓶博士看看。喂！香草太太。」

香噴噴的
大糞

瓶博士掏出手絹來揩揩鼻尖上的汗，只好再在這裡待一會兒。不過香草太太她們正在那裡注意磁石太太，一面還小聲兒談論著。

「哼，今天這個女戲子真是風頭十足！」

「她本人倒比在舞臺上好看些。」

「什麼呢！」香草太太做了個鬼臉，「佛要金裝，人要衣裝。反正有人替她做衣服，看起來當然顯得漂亮，真不知道為什麼有那麼多人喜歡她！」

「磁石先生可又那麼瘦，那個狐狸精怎樣要嫁這麼一個癆病鬼？——那個男人一定有什麼告訴不得人的病，我敢打賭。」

「喂！香草太太！」剝蝦太太又叫了一聲。

等到香草太太從一個小皮箱裡掏出了一本書，剝蝦太太就一把搶過來，對瓶博士講書似的說開了：

「哦，瓶博士您看！這是緣起：哪，『我大金鴨帝國男人有為我大帝國爭光者，皆因有好太太之故。』下面就舉出理由來了，第一點，太太勸丈夫學好，努力為帝國服務。第二點，太太管理家庭，使丈夫能專心去做他的事業。所以本會宗旨就是——哦，瓶博士，請您注意！——就是『以勸導丈夫學好為宗旨』。會員呢，『凡已婚婦女，確係正派太太者，皆得為本會會員。』這裡還有一個附注，哦，瓶博士您看：『凡加入本會者，即為正派太太。』所以瓶太太應當趕快入會，因為她本是一位正派太太……」

「是，是。」

「請您注意，」剝蝦太太翻開一頁來。「勸夫會裡面分十五部，五十八股。總會設在帝都，各縣還有分會，這一點要請您告訴瓶太太。」

瓶博士趕快接嘴：

「好，好，我把這本會章帶回去，叫她細細地看就是。」

「哦，抱歉得很！」剝蝦太太很有禮貌地微笑一下，「會章印得不多，每個會員只有一冊，所以不能奉送。然而我決不辜負您的盛意，我可以口頭告訴您。哦，瓶博士，請用一杯紅茶吧。哦，請您注意！我們有幾個研究會，有一個最重要的研究會，就是研究勸夫方法——看要怎樣才可以使老爺聽太太的話。哦，瓶博士！我想您一定是聽太太的勸告的，否則您的學問就不會有這樣的成就，不是麼？一定是的。難道我說錯了麼，您說？」

瓶博士欠了欠身子，才一張嘴，剝蝦太太又翻到了一頁：

「哦，瓶博士您看：這是會務報告。我們已經有三千多個會員了：當然都是正派太太。凡是願意做正派太太的，都願意加入勸夫會，入會費並不多，常年費也很少。不過我們的開支可很大。您看這。」

「很好很好。」

「哦，瓶博士！」剝蝦太太很文雅地微笑著，「您是經濟學專家，我倒想向您請教：關於勸夫會的經費一項——」

「很好很好。」

「哦，不！哦，不！我要請您發表一點意見，瓶博士。」

瓶博士鞠一個躬，本來他東瞧西看地想要走開的，現在可就——

「承您惠顧，歡迎之至，」一面說一面搓搓手，準備要辦事的樣子，「請您把問題說出來吧，看問題的大小，談話時間的長短，再議價錢：總之別克己就是。」

這一下可叫剝蝦太太愣住了，閉嘴竟有兩三秒鐘之久。

「哦，價錢？」她眉毛一揚，「我是想跟您隨便談談——」

瓶博士又鞠一個躬：

「您無論跟我談什麼，我都可以義務奉陪。至於談到經費一項——那是我的本行：我花了許多成本在裡面的。」

「哦，這樣的。那麼我就跟您談別的吧——」

「剝蝦太太，」瓶博士趁她在換一口呼吸的時候，連忙插進嘴來，「勸夫的專案很多吧？有沒有買東西一項？」

「買什麼東西？」

「譬如買帽子，買鞋子，買衣料——該買什麼牌子的，也要勸的吧？」

剝蝦太太只微笑了一下，道了一個歉：

「這個——不能告訴老爺們。」

接著又替瓶博士倒了一杯紅茶，又勸瓶博士吃冰，一頭又談到勸夫會於帝國的貢獻，然後又談到禽獸保護會——剝蝦太太也是這個會裡的重要人物。

一直等到吹不破先生走過來告訴她，說是演講的時間就到了，瓶博士才有個機會走開。

「唔，我可以使大糞王他們明白了，」瓶博士想。「香噴噴能夠拉許多生意。」

磁石太太在肥肥花園表演的時候，正是剝蝦太太在香噴噴花園演講的時候。

「喂，」保不穿泡拍拍瓶博士的肩膀，「您把這兩個花園的來賓比比看。」真是不能比。肥肥花園的來賓多得擠不開，每個人的臉上都顯得很興奮，很愉快。香噴噴花園裡本來也有幾個男賓的，這時候可全都給吸引過來了。

香噴噴花園的來賓雖然不算少，可全是些女客。而且都是沒精打采的。有些在掩著嘴打哈欠，有些在很無聊地東望望，西望望。她們很想要走動走動，自由自在地去玩玩。可是她們既然要做帝國的正派太太，就只好在這裡聽勸夫會會長的演講。

有好些太太還特別小心，強迫她們的女兒也來聽講，不許她們去看磁石太太的戲。有一位小姐嘟著一張嘴，幾乎哭出來，她母親就小聲兒哀求她：

「乖，依我這一回，要不然——別人就要說咱們不能算正派女人了。只要忍耐這一回，明兒我帶你上館子，看磁石太太的戲。隨你要什麼。只依我這一回，好孩子。」

她們聽著演講。可是又怕自己會打盹，就小聲兒談幾句來打打岔。

「喂，磁石太太今晚演的是新戲還是老戲？」

「你看見前面廊子上的柱子沒有？……好，你閉起眼睛來，有幾根柱子，你猜？」

「現在她要講她丈夫的祖先了。」

這些正派太太聽多了剎蝦太太的演講，所以就知道她講了這一句之後要講什麼，以後又講什麼。

「哦，各位太太！」剎蝦太太正在莊重地昂著頭，眼珠子轉動著把聽眾掃了一遍。「我丈夫的祖先，伺候過至尊強頭短腳道地鴨神痞孫矮子大皇帝。替大皇帝辦飲食，最會剎蝦子，就賜姓剎蝦，這當然是祖妣勸夫的結果。」

「現在她要講她的丈夫了。」

「至於我的丈夫，哦，請注意！」演講的人提高了嗓子，「他聽我的勸導，替帝國服務。他是帝國國會議員，還擔任了帝都動物園的董事，我勸他把禮服的後襟裡嵌上兩根彈簧——使後襟翹起來，而且有彈性，這樣才真正像個鴨尾，表現出他是金鴨上帝的嫡親子孫，是餘糧族人。我勸他——鼻涕的時候，要用兩隻手去捧鼻頭。我不許他用一隻手去撮鼻頭：因為這種姿勢太不莊重了……」

吹不破先生猛地拍起手來，全場也就跟著起了一陣掌聲。好像是威脅肥肥公司似的。

於是瓶博士對格隆冬和保不穿泡說：

「您看！我們這邊的來賓雖然多，只不過是熱鬧一場就是了。香噴噴公司請了勸夫會那批人，那可就實際上撈得到許多好處。」

「為什麼？」格隆冬問。

瓶博士鞠了一個躬。他先道了一個歉，然後才提出一個請求——請格隆冬把大駕移到那邊走廊上去，那裡就可以聽得到剁蝦太太的聲音。

「唔，怎樣呢？」格隆冬聽了一會，也還是不明白。

可是保不穿泡已經跟吹不破眼對眼望了一下。吹不破立刻擺出了一副得意的樣子，好像是在說——

「哈，你們擔心了麼？你們知道你們已經打輸了麼？」

保不穿泡狠狠地對那邊又瞪一眼，他連對瓶博士都生了氣。

「瓶博士！你不要長他人志氣，滅自己威風！他們能夠撈到什麼實際上的好處，你說？什麼利益？拉上什麼生意？」

瓶博士看了保不穿泡一眼。嗯，保不穿泡到底沒有多少學問。接著他又瞧瞧格隆冬的臉色：格隆冬正在那裡等他的下文，他這就毫不遲疑，鞠了一個躬之後就馬上說出了他的見解：

「買衣料什麼的——那是太太們的事，如今香噴噴公司正拉上了這許多太太們。即使有少數老爺願意去扯料子，勸夫會會員也一定要出些主張，勸得老爺們非去買某公司某種牌子的不可。那麼——唉！」

說了就搖搖頭，還瞟了保不穿泡一眼。

「要想辦法，要想辦法。」格隆冬自言自語。

「保不穿泡先生，」瓶博士放低了聲音，「吹不破正看著您哩。您看他的那副驕傲樣子！」

「媽的！」保不穿泡咬著牙。「媽的！」

格隆冬他們去跟大糞王商量了一會兒，他們就決定把他們的出品減價。雖然有了這麼一個對付香噴噴的辦法，保不穿泡總還是有滿肚子氣：什麼！他保不穿泡的本領竟比吹不破的差些麼？——那不行！

「我要出一口氣！」他憤怒得眼睛都發了紅。「他們還嘲笑過我們公司——一個大侮辱！我非對付他不可！」

瓶博士也說，吹不破那些嘲笑——對於肥肥的買賣是會有影響的。不過——

「不過我對於帝國的法律，也研究過一下子。」

「怎麼，吹不破挖苦肥肥公司幾句，就觸犯了帝國刑法麼？」

「當然不是，」瓶博士滿不在乎地微笑了一下。「可是有一個別的法子。我們可以叫香噴噴公司倒一個大楣。我去安排一切。今夜就要進行的。」

這就走了開去。五六步之後，他回頭望了一望。他瞧見大糞王和格隆冬正很喜歡的樣子看著他，他就對他們很感謝地鞠了一個躬，這才真的出去了。

十三

瓶博士走去找到了驢皮先生：

「呃，我拜託你一件小事。」

那位廣告員看見帝國的一位大學者來找他講話，他幾乎嚇了一跳。這就恭恭敬敬站得挺直，等瓶博士開口。

「驢皮先生，先前剝蝦太太剛到會場的時候，你跟許多人是看見的，不是麼？」

「是的，是的。」

「那時候吹不破說了幾句很難聽的話，弄得你們不好回答。他那幾句您還記得，不是麼？」

「是的，是的，」他說，「哈呀，真臭——」

「我知道，我知道，」瓶博士揚揚右手。「那麼——所有在場的人都聽見的，不是麼？」

「是的，是的。有三十九個人都聽見的。」

「唔，請您費神，把所有在場的人都找來，請他們到海產館的大餐廳去。我請他們吃飯。請您馬上去找。」

「是。」驢皮立刻就出發。一想到這位著名的博士居然託他做事，連腳勁都加了許多。

半個鐘頭之後，主客就都到齊了。那些客人都納悶著，不知道這位大學者為什麼要宴請他們。一面又感到很光榮，同時又覺得有點過意不去。

這裡有些人跟瓶博士是認得的。有些人可只是初次見面。不過主人總是一律地待他們很客氣，一點架子也沒有。客人們漸漸地不那麼拘謹了。

可是瓶博士莊嚴地吩咐茶房——

「請您預備咕嘟酒！」

全體客人都吃了一驚。一個個又都肅然起來。

金鴨人平常是不喝咕嘟酒的，因為這種酒又苦又酸又澀，並且又沒有什麼酒味。可是一遇到有什麼莊嚴的大典，要為他們的皇帝皇后祝福的時候，就非用這種酒不可。有些胃口不大好的人，喝了常常反胃。然而為了他們的大皇帝而忍受這麼一點兒痛苦，那真算不得什麼。

有許多歷史書上都講到這種咕嘟酒。據說當年至尊強頭短腳道地鴨神痞孫矮子大皇帝登基的那天，就是拿這種酒來大宴群臣的。有些歷史學家說，這本來不叫做咕嘟酒，只是那一次把酒釀壞了（一說是藏壞了），而矮子大皇帝陛下又向來很節儉，所以就是壞酒，也還是拿來喝掉。因為它味道太古怪了一點兒，君臣們喝起來都不敢讓它在嘴裡多耽擱，這就咕嘟一口，使它趕快下肚：於是得了這個名稱。

不過另外還有一派歷史家說，這種酒並不是釀壞的，也不是藏壞的。這是矮子大皇帝陛下故意創制出了這種酒，來折磨金鴨人的消化器官。因為矮子大皇帝是個苦行主義者。

研究這種酒的來歷的，已經成了一種專門學問，學派也很多。然而不管怎樣，咕嘟酒總是起於建立大帝國的時候：這一點各派都承認。這種酒就從此跟歷代大皇帝結了親似的，成了一種極神聖的東西，私家不許自釀，而且也不會釀。這完全由皇家來製造。現在就有一家大規模的御酒廠，在那裡一大批一大批地出產這種莊嚴的飲料。金鴨一般臣民都不知道是什麼東西製出來的。

據有些外國人說，如今咕嘟酒的製法跟古代的不同了。皇宮裡面也傳出了這樣的消息。可是口頭上都不肯承認。最近——金鴨駐黃獅國的公使還對外國人談起過：

「要是我們的御酒廠把咕嘟酒的製法改過，那就是等於承認波大夫的謬論了。」

波大夫是金鴨帝國的一位名醫。他發表過一篇文章，勸大家少喝咕嘟酒，小孩子尤其不能喝。據他研究的結果，這種酒可有一點兒害處：它會妨礙松果腺的分泌。他寫著：

「一個小孩子逐年長高長大，就要靠這松果腺的分泌。喝了這種酒，妨礙了這種分泌，就會使我們長得很矮小。」

他說咕嘟酒也許可以當做一種藥劑——

「我們看見外國的馬戲班裡，常常有個把特別高大的人，好像童話裡的巨人一樣。這也是一種毛病。這大概是他的松果腺分泌得過分了，沒有節制了的緣故。我想，咕嘟酒就可醫治這種病症。現在內分泌學還要我們去繼續努力，將來自會證明這種酒可以不可以治療這種巨人病。但目前我權且提出這麼一個假說，於醫學界也許並不是毫無意義的。」

波大夫這篇文章——可引起了一場大風波。金鴨國許多正派人都嚷了起來：

「波大夫說這種神聖的酒有害，就是對大皇帝不敬！波大夫犯了不敬罪！應當檢舉！」

帝國科學會也給了波大夫一封很嚴厲的信，叫波大夫自己認錯。可是波大夫不肯，他很固執：

「我要忠於科學。如果你們實驗出來，證明我的話不對，我當然會收回我的話。要不然——我不能承認我有什麼錯。我並沒犯不敬罪。我們帝國是個現代的文明國家，皇帝陛下也獎勵一切科學事業。難道科學上的發現就不許發表麼？」

「不錯，我們都是忠於科學的。」有一位科學家回答著。

「可是——如果有損於大皇帝的威嚴的，那不管怎麼樣，總是犯了罪。」

有一家報紙做了一篇社論，那結論下得再好不過——

「無論如何，我們的大皇帝總比科學可貴得多。皇帝與科學，要是二者不可得兼，那我們寧可放棄科學。」

可是帝國科學學會又發表了一個宣言，聲明皇帝跟科學永遠不會衝突。要是科學論文裡有不敬皇帝的地方，那麼這就沒有了科學價值。

金鴨帝國到處都在那裡談論這件事。大家都有點忿忿不平：

「他不但對皇帝失敬，而且嘲笑了全金鴨人。外國人笑我們是矮子，那是沒有辦法。現在金鴨人自己都笑起自己人來了，他媽的！」

嘖哈幫的機關報上，一連登了幾十篇文章，責備現任內閣。帝國國會裡也吵了許多嘴。有一位嘖哈幫的幫員對記者們瞪著眼，唾沫星子直濺：

「咕嘟酒是大皇帝欽製的，難道會有害麼？大皇帝難道會害我們臣民的身體麼？我如果是現任內閣大臣，在我任內出了這樣的案件，那我就自殺以報鴨神陛下。」

結果波大夫被檢舉了，判決了半年有期徒刑。還罰了三千塊錢。

金鴨人雖然知道波大夫犯了不敬罪，可是——不知道是不是波大夫那篇文章的緣故，買咕嘟酒的人少了起來。有一次，宮內大臣在皇后大飯店請客，特別預備了這種酒，並且很莊嚴地告訴客人們：

「波大夫這一件事件，那正是給我們帝國臣民的一個好試驗。我們臣民應當喝咕嘟酒，表示我們信賴大皇帝，敬畏大皇帝。請各位把這一層道理告訴一般人民。」

然而還是不行。有一個嘖哈幫的議員提議由帝國政府來頒布一條法令——規定某某種宴會必須用咕嘟酒。可是這個辦法，又跟帝國憲法所規定的自由買賣的原則相抵觸，沒有通過。

不久，宮廷裡可就傳出了一個祕密消息，立刻就傳播得全國都知道了。說是這種酒已經改了新的製法：不單是沒有害處，而且喝了有益於身體。就是最敬畏皇帝的人，也忍不住要小聲兒告訴他的熟人：

「鴨神陛下也生怕金鴨人長不高大，所以咕嘟酒就不用老製法了。現在這種酒——聽說喝了是補腎的。」

於是御酒廠的生意又恢復了過來。許多人常常談到這種酒的好處：「啊呀，您也有這樣的毛病麼？那麼您等到萬壽節那一天，舉杯祝福皇帝陛下和皇后陛下吧：這麼喝幾次，你就會好的。」

這麼著，就說只要為皇帝祝福就可以診好某些病，大家都覺得有點神祕性。一談到這種酒，就好像談到一種神物似的，對它比往昔更恭敬了些。

所以現在瓶博士一吩咐茶房預備咕嘟酒，屋子立刻就有了一種嚴肅氣派，仿佛連空氣都莊重了起來，不敢隨便流動了。

茶房一得了吩咐，就恭恭敬敬退了下去。步子走得極其穩重，腦袋很虔誠地俯著，似乎皇帝陛下就在他面前。

主客們都希望有點涼風吹進來。他們脊背上已經淌了許多汗，可是他們又不能扇扇子。他們全都挺直著脖子坐著，眼睛盯著地板。一動也不動，一句口也不開。

心裡都在那裡嘀咕：

「今天是個什麼紀念日呢？還是瓶博士聽到了皇宮裡有什麼消息麼？還是出

了什麼大事情麼？」

隨後主人請大家入座。一個穿夜宴服的茶房走進門口報告：

「咕嘟酒到！」

大家就刷地站起來。

於是有兩個茶房抬著一個大茶盤——上面擺著一杯一杯的咕嘟酒，蹲著身子一扭一扭地走了進來。等到每個客人接過一杯酒去之後，這個茶房才站直身體鞠一個躬，倒退著走了出去。

瓶博士舉起了杯子：

「大皇帝大皇后萬歲！」

「萬歲！萬歲！」

全體也都舉起了杯子。

各人都咕嘟一口灌下了肚，就把杯子

往後一摔，鏘啷打個粉碎。

然後每人又在原位上跳了三跳，叫了三聲，才坐了下去。驢皮先生就瞧瞧瓶博士，看這位學者要說些什麼。其餘的客人也都靜靜地等著，心裡有些不安。那位好心眼先生打了一個嗝兒，咕嘟酒從胃裡冒出了一點兒，又趕緊把它吞了下去。他想：

「等他說完了話，我就得趁個機會問一問，看肥肥公司那幅廣告是不是牛蹄子畫的。」

可是瓶博士忽然哭喪著臉，大聲嘆了一口氣，接著還捶了兩下胸脯。大家正感到有什麼不幸似的，帶種提心吊膽的眼色看著他，他可猛地站了起來，一臉的悲憤的樣子。

「各位！」他叫。馬上又打個手勢請大家仍舊坐著。「現在帝國工業展覽會開會了，我們看了這麼偉大的會場，能夠不感謝皇帝皇后陛下麼？」

客人們站起來叫了兩聲萬歲。

然而瓶博士總還是忍不住要嘆氣。他顯得又悲哀，又憤怒。他似乎好容易才恢復了他的理智，這才能夠講幾句話。他又喊了一聲「各位」，就講到了鴨神陛下的偉大。

「世界各國──無論哪一國的君主，總比不上我們的大皇帝。我們的皇帝和皇后都不是人，是神。因此，我們餘糧族自從建立王國，一直到現在的大帝國，都沒有換過朝。我們大皇帝就是我們餘糧族的家長，又是金鴨上帝的駐人間代表。我們金鴨人天生的就敬畏我們的鴨神陛下：這是我們的本能。」

瓶博士說到這裡，又看看大家。當然，誰也不會去懷疑這個真理，金鴨每個小孩子都知道的。

接著這位學者談到了波大夫，大罵了一頓。他認為凡是犯了不敬罪的，就是失去了金鴨人的本能，那就不配做個餘糧族人，也不配做金鴨上帝的子孫。

「像波大夫那樣的科學家，我們是很尊敬他的，」瓶博士提高了聲音，「而他──犯了不敬罪，我們尚且要義不容辭地膺懲他，更何況是一個普通人呢。」

這裡他就停了嘴。

客人們都緊張地瞧著他。有一位記者咕嚕著：

「無論是誰──要是他不敬皇帝，那──哼！」

「有這樣的事情麼？」有一位著作家壓著嗓子說。

於是這個看看那個，那個看看這個。他們又一齊把視線射到瓶博士臉上，急切地等他的下文。

瓶博士忽然——臉色又很難看了，跟著就聽見他「嘔！」的一聲，把肚子裡的咕嘟酒都嘔了出來。

驢皮先生趕緊站起來扶住了他：

「怎麼樣了，博士？怎麼樣了？」

「啊，啊，啊，」瓶博士喘過一口氣。「我是一提起有人犯了不敬罪，就氣得這樣。」

那位好心眼先生也趁勢嘔了兩口，嚷著：

「嗨，真氣死我！有誰步了波大夫後塵？有誰不敬皇帝？誰？」

「誰？誰？」這個那個也都問了起來。

瓶博士有氣沒力地打了個手勢。那位攝影記者就擺擺手叫大家靜下來：

「聽博士說！聽博士說！」

「馬上告訴我們吧，」有一位客人性急不過。「是什麼人？——又是一位科學家麼？是一位學者麼？」

瓶博士搖搖頭：

「都不是，都不是。只是一個普通人，他嘲笑了皇室——就是今天發生的事，今天！並且——並且在座的各位都親耳聽見！」

「什麼！」大家都大吃一驚。

那位驢皮先生到底很機靈。他立刻想到這一定跟吹不破的話有點關係。他這就向大家提起了這件事。

「啊！」瓶博士叫了起來。「那麼這件事是真的了？各位都是在場的了？」

不錯，都聽見的。那又怎樣呢？

「各位！」瓶博士簡直發了脾氣。「我們皇后是什麼神？」

經他這麼一提，大家才醒悟過來。鴨糞女神！——沾上這麼一個「糞」字。

瓶博士這就忿忿地說到了本題：

「這是一個神聖的字眼。而香噴噴公司的那個人，竟說了這些極不敬的話，譏笑了這個字眼，他竟說是——說是——啊，我簡直不敢把這種褻瀆的話複述出來。在大帝國工業展覽會裡，在大庭廣眾之中，用這種下流話挖苦皇后陛下，真叫我不敢想像！」

接著他又聲明，他當時並不在場，只不過聽說有這麼一件事。他還不相信哩，他不相信天下有這樣混帳的金鴨人，所以他特地邀請大家來問一問。現在可證明出來了，而竟！

「啊，而竟！」他非常痛苦的樣子，「而竟！」

大家都感動了。這位博士並不是檢察官，他只是太愛鴨神了，就憤激到這個樣子。這些客人當然也不甘落後。驢皮就頭一個提出——

「非膺懲香噴噴公司不可！」

「我們都是證人！」那位攝影記者嚷，「我們都是愛國的，都是為皇帝服務，敬崇皇帝的。我們決不讓人家侮辱我們的鴨糞女神！」

「對，對，我們都是證人！」

這麼著瓶博士又叫了一些咕嘟酒來。大家喝了，就賭了個咒要忠於帝國，要為了皇帝皇后的尊嚴而盡力，要設法膺懲那些不敬者。然後他們又跟著瓶博士喊了幾聲陛下萬歲。

十四

這件事可也弄得全帝都鬧翻了天。不過檢察官還沒有提起公訴，因為還要調查。法學界也分成兩派，一派認為這的確是犯了不敬罪，一派認為不能構成這種罪名。

香噴噴公司雖然還沒有吃上官司，可是也給鬧得很不舒服了。有些極其愛國的志士，竟用柏油在香噴噴公司那些牆上寫著大字！

「不敬者！不敬者！不敬者！」

許多報紙都表示憤慨，攻擊那不敬皇帝的商人。不過也有些報紙對這件事很冷淡，認為這麼小題大作是無聊。這些報館可就接到了一些匿名信，叫他們對大皇帝謝罪。

據有些人說，這是因為香噴噴先生平常太小器，人緣不好，所以現在一發生這樣的事，人家就不諒解他。

可是香噴噴公司倒在另外一方面報復了肥肥公司。它把它的貨色拼命減價，使得勸夫會的太太發動許多人去買便宜貨。肥肥公司當然也不甘示弱，就賣得比人家還便宜。這兩家公司盡這麼比賽下去，誰都猜不著要到哪一步才算是終點。

保不穿泡對驢皮他們說：

「現在這價錢，已經是貼本賣了。無論如何，我們總要比香噴噴的便宜。我們寧願這麼忍痛賠錢，跟他們爭下去。」

有一位記者點點頭。「不錯，這麼著就可以把香噴噴擠倒，以後肥肥就可以獨霸這行買賣了。」可是保不穿泡又把這句話改正了一下：

「是的，要把那家公司擠倒。然而這不是為了搶生意賺錢。我們只是為了皇帝陛下，所以才要設法把不敬皇帝的公司擠倒。所以我們的貼本賣貨——完全是效忠皇帝陛下，是為帝國犧牲的。」

這些話後來竟成了名言。有些社會學家承認這的確是為帝國犧牲：據他們調查的結果，這一年的叫化子能夠買布做衣裳的，占百分之七十六點五。大部分的叫化子都著上了新衣，頗壯觀瞻，對於帝國的貢獻當然不小。

本來是香噴噴公司減價減得橫了心，就把自己出產的各種布料——每種拿出一千匹來，放到各地樣子間裡，寫著大字廣告：

這種布料又好又賤，
白送不要一文錢。

大糞王他們就說：

「他們白送，我們也白送！」

於是把肥肥公司的各種布料，每種拿出五千匹來，不收一個錢。並且還有贈品，誰買一匹布，奉送一磅的奶油麵包一枚。

　等到香噴噴把白送的布料加多，也加上了贈品之後，肥肥公司就又到處貼著一首二十行的詩：

我們
肥肥公司

白送你
一匹布，
外加
一磅重的
奶油麵包
二枚，
並且
還替你
量一量
身材，
替你
裁好了，
而且
縫好了，
而不取

分文。

這是多好哇！

那時候許多人都製了新衣。有一次期哥兒去看土生，也說：「我家裡孩子太多，衣裳破了總是做不起。這回可好了。衣料不要一個錢，還白替我們做好。天涼了就不怕受凍了。」

「哼，他們簡直是發了瘋，」土生嘟噥著。「真是出奇！——貨色白送，還送裁縫工！你看吧，這麼下去一定要遭殃。真是！」

土生已經跟格隆冬說過好幾次。格隆冬總是說，這是股東大家決定這麼辦的。格隆冬還叫土生放心，他已經替土生存了一筆錢。就是買賣上失敗了，土生還是有錢可以養老。

「我是替你們打算！」土生生起氣來了。「你們年紀輕輕的，就這樣胡攪，將來怎麼辦呢！」

格隆冬可總不願意跟舅舅多談，只微笑一下，就講到別的事上去了。土生也就忍住不提，彷彿一提出就不吉利似的。他想：

「他們知道他們自己做錯了，就不敢再談起這件事了。」

可是大糞王跟格隆冬他們倒常常談起這件事，還越談越起勁哩。大糞王說：

「我們預備一千五百萬下去，看香噴噴鬥不鬥得過！」

這在金鴨帝國真不算是一樁小事。有一兩家報紙勸肥肥跟香噴噴把貨品仍舊恢復到原價：

「這兩家公司這樣減價，甚至於白送，別的紡織公司就吃了大虧。現在已經有三十九家紡織公司，很難開辦下去。因為它們貼不起這麼多錢。它們既然不能跟著賠本出賣，他們的貨品就無人過問。它們有的已經完全停頓，有的已經破了產，有的勢將倒閉。股票價錢狂跌，無法收拾。這會要影響帝國的市場。我們勸肥肥和香噴噴兩家公司以帝國幸福為念，恢復原價。至少，也該提高到成本以上。」

有許多報紙就立刻反駁，說帝國的進步——就全靠這麼互相競爭。並且肥肥公司想要膺懲不敬者，這完全是出於愛帝國的一片至誠。

於是這些報紙打起筆墨官司來。有許多雜誌也參加了進去。還有許多學者開了座談會，討論這個問題。有一個學者竟打算拿這個題目來寫他的博士論文，跟瓶博士商量了好幾次。

帝國各派的許多法學家和經濟學家——正在找材料，看參考書，還準備把這個問題大大發揮一頓的時候，帝國工部大臣巴里巴吉可在那裡忙著：一會兒去找大糞王，一會兒去找香噴噴。有時候還同著財部大臣馬頭阿大一塊兒去奔走。

巴里巴吉對大糞王他們說過這樣的話：

「今天天氣好。您此刻有工夫跟我談談麼？因為財部大臣馬頭阿大閣下跟我談過肥肥和香噴噴的問題。我跟馬頭阿大閣下完全同意。」

馬頭阿大呢，對大糞王他們說過這樣的話：

「親愛的大糞王先生，跟我是很要好的。親愛的香噴噴先生，跟我也是很要好的。我希望兩家親愛的公司不要打架了。我跟親愛的香噴噴先生也談這個意思，他認為可以商量。」

這位馬頭阿大閣下就勸大糞王他們——不要小看了香噴噴公司。照這樣賠本賣貨，也很難擠倒香噴噴：它並不是賠不起。

「這樣下去，就會弄得兩敗俱傷，」馬頭阿大很關心地說。「我不願親愛的

朋友吃虧，所以我們想跟大家商量商量。」

「不錯，」巴里巴吉點點頭，「所以我們想跟大家商量商量。」

這麼著，他們就談了好幾次。格隆冬的意思是——

「我們既然擠不倒香噴噴，當然要另外想法子。真的，不要弄得我們自己都站不住。」

「唔，」大糞王點上一支雪茄煙，「要是講和比打架還有利些，就應該講和。我們來具體考慮一下吧，看怎樣的議和法。」

巴里巴吉詳詳細細把香噴噴公司最近內部情形告訴了大糞王他們，並且連香噴噴先生家裡的事都談到了。大糞王他們跟瓶博士就商量出許多辦法，跟香噴噴公司慢慢地談判起來。

後來保不穿泡竟跟吹不破見了面，談過好幾次。

帝國財部大臣馬頭阿大很高興：

「好了，親愛的肥肥公司跟親愛的香噴噴公司——越談越具體了。也許可以合併哩。」

巴里巴吉也很高興：

「是的，也許可以合併哩。」

「這件事進行得又順利，又祕密，」馬頭阿大微笑起來。「帝都那些記者雖然最會打聽，也一點不知道這個消息。」

「一點都不知道這個消息。」巴里巴吉點點頭。

有些記者還常到驢皮那裡去打聽新聞。因為驢皮對人家說過——

「保不穿泡跟瓶博士——一有什麼事就總是跟我商量。」

不過驢皮也還是不知道這兩家公司在那裡談判。他近來也很活躍，有一次竟帶著一份報紙，興高采烈地去找小螺：

「小螺你看！報紙上登了我的名字！——我發表了談話！你看！」

這是記載香噴噴公司不敬事件的一條新聞。記者因為驢皮先生是證人，就特為去訪問他，詢問當時的詳細情形。驢皮先生還發表了一點感想，說帝國臣民都應該拒用不敬者的貨色，不然的話就是沒有天良。

驢皮讓小螺看了這一條新聞之後，就說：

「我對保不穿泡先生說過，頂好是叫那些記者多來訪問我幾次。那麼我就可以攻擊香噴噴公司，叫他們的生意做不成。呃，小螺，你怎麼不也跟我一樣，替我們公司盡盡力呢？」

「這種事情我做不來。」小螺說。

驢皮搖搖頭，沒辦法似的嘆了一口氣。

「如果你不太固執的話，我倒可以常在保不穿泡先生面前提起你。他們現在已經知道我不是一個無用的人了。我提出什麼意見來——他們倒也還相信。」

然後他又提到肥肥公司減價的事，這麼著一定可以使香噴噴關門。這麼著肥肥公司的買賣就越做越大了。這麼著當然更需要許多人才。所以——

「所以我現在這麼盡力，總不是白做的。」

不過小螺只想做個詩人，你有什麼辦法呢。唉，隨他吧。

等他驢皮將來成了帝國的闊人之後，就可以幫幫小螺的忙，出錢替小螺印一點書——也許正是一筆好買賣哩。

於是他一天到晚想著——他該向保不穿泡建一些什麼議，該向記者們再發表一些什麼話。

可是有一天——保不穿泡忽然叫他少發些議論。

「我現在沒有叫你開口，你就不要開口。」

「然而——然而——」驢皮咽下一口唾涎，「然而人家跟我談論起——比如談到香噴噴公司——我——」

「你可以不必發表什麼意見，」保不穿泡斬釘截鐵地把右手一豁，「人家要是談到那不敬事件，你就說，帝國的檢察官自會有處置辦法。你不要再說什麼。」

驢皮可愣住了，脊背心裡好像有一股冷氣在那裡流。他正想要問幾句，還不知道要怎樣開口好，大糞王就打發人來請保不穿泡去了。

「記住！」保不穿泡又叮嚀了一聲。「我沒有吩咐你的，你就不要自作聰明。」

說了就匆匆忙忙走了開去，讓驢皮一個人在這裡發呆。

隨後驢皮又聽說保不穿泡穿上了禮服，坐著馬車到鼻煙大飯店去了。

「什麼！到鼻煙大飯店去了？」驢皮納悶著，「去幹什麼呢？怎麼我一點不知道呢？」

十五

鼻煙大飯店是帝都的一家老旅館：來來往往的差不多全是些爵爺們。驢皮生平沒有跟爵爺們打過交道，如今看見他的主任居然坐馬車到那個貴族窩裡去，怪不得他要吃一驚。

現在保不穿泡的確是去拜會一位爵爺，那就是格兒男爵。

原來格兒男爵已經到了帝都。他寫了一封信給大糞王和保不穿泡，說是想要跟他們談一件要緊的事情。大糞王他們這就決定——由保不穿泡一個人去看他，看到底要商量一件什麼事。

這時候格兒男爵正帶著一副老花眼鏡，在那裡看一本什麼冒險小說。椅子旁邊擱著一杆獵槍。一聽說保不穿泡伯爵來了，就趕緊取下眼鏡，站起來歡迎，讓那本小說掉到了地下。

「男爵大人，久違久違！」保不穿泡一進門就跟格兒男爵握手。「您好麼？您的三位小姐都好麼？您的三位姑爺都好麼？」

「他們都好，謝謝您。」格兒男爵哈了哈腰。「伯爵大人，我見了您，我真高興。您肯來看我，我真感激。請坐吧，伯爵大人，請坐在這把太師椅上吧。我有許多話要告訴您。」

「唉，男爵大人，我真想念您。您府上所有的人我都想念。」

他倆坐下了，還說了許多很親熱的話。談呀談的——格兒男爵忽然四面看了一看。

「怎麼，大糞王沒有來？」

「哦，他此刻沒有工夫。」保不穿泡把腦袋歪了一歪，眉毛揚了一揚。「我呢，我一看到您的信，就馬上來拜訪您。我太想念男爵大人了。我要是遲一分鐘來，我就會難過一分鐘哩。」

格兒男爵想了一想，倒也很高興：

「這很好。伯爵大人，您跟我都是有高貴的血統的，所以我什麼話都可以對您說。要是大糞王來了，我有許多話倒不好講出來。」

說到這裡，可又想起一件什麼可嘆的事情，就嘆了一口氣：

「您近來好麼？您在肥肥公司過得怎麼樣？唉，伯爵大人，您這麼一位有身份的人——竟也不得不到公司裡去找個職業，我在吃吃市聽說您在肥肥公司做事，我心裡就難過。如今許多有爵位的人，也混到商界裡去了。」
保不穿泡也嘆了一口氣，順嘴就接上去：
「我們貴族總還有發財的一天。」
「哦，不錯！」格兒男爵忽然記起了一件事，「您知道枯井侯爵大人麼？」
「枯井侯爵大人！」保不穿泡提高了嗓子，好像在舞臺上背臺詞似的，「那誰不知道？他老人家真是一位最可敬的人物。他老人家是最忠於鴨神陛下，最信仰金鴨上帝的。怪不得，他老人家的祖先是『海上五魔王』之一，他老人家當然天生是個偉人哪。」
「唉，要是貴族們大家齊心，一起都聽枯井侯爵的話，您跟我就不會這麼倒楣了，伯爵大人。」
「可不是麼？枯井侯爵大人是反對現在的帝國憲法。不錯，當年要是大家都擁護他老人家，就不會有現在的帝國憲法，咱們也就好多了。」
「可惜有些爵爺竟不擁護枯井侯爵大人，唉！」
「唉！」保不穿泡也搖搖頭可惜這件事。
於是格兒男爵拿出鼻煙壺來，請客人吸一點兒。兩個人就盡談著枯井侯爵——

當年怎樣阻止帝國國會開會，後來又怎樣失勢丟了官。保不穿泡這就很關心地問：
「如今他老人家怎樣？」
「唉，他老人家還是住在枯井山莊。唉，他老人家自從失了勢，就不問政治了。每天只是釣釣魚，拜禱拜禱金鴨上帝。最近又有些人勸他老人家再出來奮鬥一下。」
「哈，真的？」保不穿泡非常注意了，「他老人家肯不肯出來呢？」
「他老人家本來不肯，可是這是金鴨上帝的意旨。這是神學大師告訴他老人家的。」
保不穿泡站了起來：
「哦，神學大師！神學大師是金鴨上帝的代言人哪——啊，這位偉大的教士！他對枯井侯爵怎樣說的？」
可是格兒男爵一下子忘記了。愣了好一會兒才記起來——近來神學大師跟枯井侯爵是在一塊兒，神學大師老是對枯井侯爵說：
「金鴨人現在不敬金鴨上帝，不尊鴨神陛下。金鴨上帝大發脾氣，要降災給餘糧族。金鴨上帝叫枯井侯爵出來，遵照金鴨上帝的意旨去趕走那些叛逆者。」

上帝所說的叛逆者——就是現在那些大臣們，還有那些呼呼幫。

格兒男爵講到這裡，興奮得兩顴都有一點發紅。他猛地一把抓過那杆獵槍來，擱到了太師椅旁邊。然後又小聲兒說：

「伯爵大人，這些話可是不能對大糞王說的。」

那位伯爵大人盯著問下去：

「可是——怎樣才能夠趕走那些叛逆者呢？有什麼方法沒有，嗳？」

這可提醒了格兒男爵。

「唔，不錯！我到帝都來找您跟大糞王，就是要商量這件事的。」

「哈呀，這倒看不出！」保不穿泡想，「這位老男爵還有這麼一套花樣哩！」

他這就仔仔細細聽著那位老男爵，一個字也不讓它放過。不過那位男爵的記性不大好，說一段兒忘了一段兒。後來找出一些信來給保不穿泡看，斷斷續續又談了些，保不穿泡才明白了這回事。

哼，這真是個大計畫！現在正有這麼一個機會！——枯井侯爵他們是想要把香噴噴公司的不敬事件擴大，想要借此攻擊現任內閣，鬧他一個天翻地覆。

「伯爵大人，」格兒男爵的聲音有點發抖。「這次不敬事件比上次波大夫事件的機會還好。伯爵大人，這一次我們可以利用大糞王。大糞王是很有力量的。」

「當然哪，當然哪。」

不過格兒男爵又輕輕嘆了一聲：

「我是老了，身體也不好。唉，我本來不想活動什麼了。可是——唉，枯井侯爵大人他們看見我是大糞王的親戚，一定要我來跟你們商量這一件事。我就只好來一趟。唉，真麻煩！」

「您為什麼要怕麻煩？將來事情成功了，您不是也有官做？」

「唔，是的。有官做。我幾個女婿也可以弄到好位置了。」

接著格兒男爵就告訴保不穿泡：他的大女婿是參與這件事的。另外還有好幾位爵爺，還有幾位軍官，還有嘖哈幫的一部分幫員，還有神學大師，還有吃吃市的坐山虎那幫人。

「哈，我聽了真高興，」保不穿泡嚷，「我一定叫大糞王幫枯井侯爵的忙，非設法使枯井侯爵大

人當帝國首相不可！大糞王當然肯幫這個忙的。您叫他去跟香噴噴公司作對，那他是頂高興幹的。」

「他們還定了一個辦法，他們，他們叫我——叫我——」

這裡格兒男爵搔了搔頭皮，就從抽屜裡找一本日記簿，翻了好一會兒——

「唔，在這裡。他們叫我用話來激動大糞王跟您，對你們兩位說，『帝國當局不檢舉香噴噴公司不敬事件，就是袒護香噴噴公司。』他們還叫我鼓勵你們去質問帝國當局。於是他們就來聲援，把事情鬧大。」

「那好極了！」保不穿泡叫了起來，「那簡直再好不過。那就是說，好得了不得！」

「不過還有一句最要緊的話，就是——就是——嗯！伯爵大人——我剛講什麼來的？」

兩個人把話頭子找了老半天。可是這樣也不是，那樣也不是。保不穿泡勸格兒男爵在日記簿裡找找看。

沉默了一會兒，格兒男爵忽然抬起頭來問：

「伯爵大人，您真的是伯爵，是不是？」

保不穿泡很不在乎地輕輕笑了一下：

「嗨，這還要問！我是伯爵，就像痞大公是公爵一樣的靠得住。」

「那好極了，那好極了，」格兒男爵又翻了翻日記簿。「那麼——伯爵大人，我要告訴您一句最要緊的話，就是——我們不要讓大糞王知道枯井侯爵大人的事。您只勸大糞王把這件事鬧起來就是。不要使他知道我們的用意。伯爵大人，我就這樣拜託您。伯爵大人，您比我年輕。您答允替枯井侯爵大人辦這件事，那我就可以交差了。」

「那您放心，男爵大人。包在我身上就是！」

格兒男爵感激得直嘆氣。然後連忙丟開那本日記簿，空出右手來跟保不穿泡緊緊地握了一會兒。這才鬆了擔子似的行了一下深呼吸。

「哦，我忘記問起了，伯爵夫人好麼？」格兒男爵很懇切地問。

「謝謝您記掛她，她很好。她很想念您的幾位小姐。」

「您認識青蟹中佐不認識？」

「青蟹中佐？」保不穿泡一時可想不上來，「他也是一位爵爺麼？」

「他是我的第三個女婿……」

「哦，那我跟他是很要好的。他跟我常常在一起。他好麼？」

「還過得去。他是我第三個女兒的丈夫。請再吸一口兒吧。」

「可是您的大姑爺呢？」保不穿泡接過鼻煙壺來，眼睛可還盯著格兒男爵的臉，「他怎樣？他近來很活動吧？」

「誰？您說誰？」

「大姑爺。您的大姑爺——跟枯井侯爵大人很接近的，是吧？」

「不錯，」格兒男爵點點頭，「不錯，不錯。很接近。他境況不大好。他想做官。神學大師也贊成。可是我第二個女婿叫做貝殼兒——您當然也很熟的。我的聽差都管他叫二姑爺。然而他現在不在國內。他到了青鳳國。後來又到了大鼂島，還見過大鼂島的幾位王公。」

格兒男爵一提起他的一些親戚，話就沒有一個完。他一會兒談到他的外孫們，一會兒又念到去世的老郡主。接著又告訴保不穿泡，他這回到帝都來的旅費，就是枯井侯爵出的。說到這裡可又記起了一件事。

「他老人家主張——一切權柄都要還給鴨神陛下。」

保不穿泡就又表示了一遍擁護枯井侯爵的意思，還數一數有多少人參與這件事，把這些人名都記到一本備忘冊裡。
那位男爵大人也越談越高興。
那位客人告辭要走的時候，男爵大人十分捨不得。
「為什麼就要走呢，伯爵大人？」他嘆了一口氣。「青蟹太太知道我來了，她要從白泥鎮趕來看我，您認識她麼？——她是我第三個女婿的太太，也是我第三個女兒。她約定今晚來跟我一塊兒吃晚飯。您也陪我們一塊兒吃吧，伯爵大人。」
「謝謝您。不過我趕緊要去找大糞王，進行那件大事。」
格兒男爵有點覺得掃興：
「唉，您真性急。您竟有點像那些新派人哩。」
沒有辦法，只好讓保不穿泡走。然而不管怎麼樣，這一天總算是過得很順利的。事情辦得這麼快當，他格兒男爵已經鬆了肩，可以放放心心等他女兒來陪他吃晚飯了。一切都很好，都很舒服。
這天有一點小小的不愉快。那是怪他女兒不好：他女兒跟他頂了幾句嘴。
那位青蟹太太一到來的時候，本來是快快活活的。她還帶來一個奶媽，抱著今年生的小女兒——送來給外祖父看看。她說這一班火車誤了點，在車上她很著急。然後她從奶媽那裡抱過孩子來，送給格兒男爵去親嘴。一面說著：

「青蟹要出差的頭一天才接到您從吃吃市發的那封信。青蟹想勸您不要到帝都來的，可是回信已經來不及了。我們以為您會先到白泥鎮去看我們哩。您為什麼不先到白泥鎮呢，爸爸？」

「我有一件大事要辦，」格兒男爵撫摸著小外孫女的臉說。「我不能夠在你們家耽擱。」

「一件大事！」青蟹太太皺了皺眉毛，「青蟹也聽見說過這件大事。青蟹說，您最好不要管這件事。爸爸您想呢：您身體又不好，記性又壞，您又很容易上當。您何苦替人家奔走呢？」

「怎麼？青蟹反對這件事？」

「唉，爸爸！」女兒嘆一口氣。「青蟹是既不反對，也不贊成。他沒有什麼意見，也不管這些閒事。他只是替您著想，怕您吃虧。」

「我會吃什麼虧？誰拿虧給我吃？」

「青蟹說，神學大師他們的計畫是行不通的。您來交涉這件事——可更不合適。」

那位做父親的可驕傲地微笑了一下：

「可是——我已經辦成功了。」

「什麼？這麼快？」青蟹太太睜大了眼睛。

「唔，我已經跟保不穿泡伯爵談好了。你來的時候他還剛走。」

「保不穿泡伯爵！」她嚷了起來。「他是什麼伯爵！他是肥肥公司的股東，帝都人個個都知道的。他哪裡是什麼伯爵！他哄了您哩，爸爸！」

「笑話！他怎麼會哄我？一個伯爵還會哄人？」

「可是他並不是一個伯爵呀。」

可是格兒男爵把手一豁，叫她不要再多嘴了。

「你們女孩子知道什麼！總而言之——他如果是一個伯爵，就不會哄我。他如果不是一個伯爵，就會哄我。如果他既然不哄我，那麼他當然是一個伯爵。他既然是一個伯爵，那麼他當然就不會哄我。得了吧，你不要打斷我的高興。來，替我斟上一杯酒，把獵槍放到這張桌上！」

他就又高高興興地喝起酒來，許多年以來沒有這樣高興過。

可是人生在世，總不免有許多麻煩。格兒男爵跟女兒吃過晚飯之後，就碰到了一個極難的問題：那就是飯後作何消遣的問題。還是去聽戲好呢，還是去打球好？或者是帶女兒外孫去散步？這個難題一直到他上床的時候還沒有解決。

十六

格兒男爵跟保不穿泡談的這件祕密事，保不穿泡當然從頭至尾都告訴了大糞王他們。大家都覺得很好玩。

「呵！」大糞王叫，「我的舅老爺竟這麼能幹！」

保不穿泡倒了一杯酒，一口灌了下去。他微笑著：

「他們以為他們的辦法高明得很哩。」

「他們很信得過你這位保不穿泡伯爵大人哩，」大糞王也微笑著，拍了拍保不穿泡的肩膀，「枯井侯爵他們來搗一個亂，把我們的新帝國推翻，再把一切大權交還給皇帝：這一手——您這位老貴族當然是贊成的，不是麼？」

於是保不穿泡大笑起來。

格隆冬正在那裡夾指甲，現在就抬起了臉，很安詳地說了一句：

「這樣一來，我們跟香噴噴就該趕緊談妥貼，免得枯井他們借機會搗亂——弄得大家都倒臺。」

然而現在肥肥跟香噴噴的談判正有點兒僵。馬頭阿大和巴里巴吉這一向，就只是為這件事忙著。他們極力要使兩家公司合併。他們拖剝蝦太太出來，還加上一個五色子爵——大家都來奔走。後來連黑龜教授和便便先生他們，也都加入這一個運動了，因為他們手裡既有肥肥的股票，又有香噴噴的股票。

然而現在肥肥跟香噴噴的談判正有點兒僵。肥肥提出來的一些辦法，香噴噴不同意。香噴噴提出來的辦法，肥肥不同意。

馬頭阿大派他的祕書去找香噴噴，勸香噴噴讓步一點。香噴噴搖搖頭：

「那麼我就會吃虧了。吃虧的事我不願意幹。」

那位祕書一到了大糞王那裡，大糞王就指著一卷稿子對他說：

「非照我這個辦法加股不可！非照我這個辦法組織董事會不可！」

馬頭阿大他們本來就有點著急了。要是知道了枯井侯爵他們的大計畫，恐怕更加要著急哩。

可是格隆冬對大糞王和保不穿泡說：

「這個機會——我們倒是大可以利用一下。」

「可以利用？」保不穿泡側過臉去看看格隆冬。

格隆冬臉上可顯出了一種嘲弄似的微笑，把一根食指在桌沿上輕輕敲著：

「要是香噴噴知道了這件事，那他一定就生怕我們去幫枯井的忙。現在我們的地位太重要了。這麼一來，他當然急於要跟我們談妥，免得我們照格兒的話那麼去搗亂。唔，我們已經占了上風！我們提出來的那些條件——」

「那他就非遷就我們不可！」大糞王接嘴，眼睛裡發了亮。

於是他們立刻把瓶博士請來，跟他談這件事。他們叫瓶博士去向黑龜教授他們透露這個消息，那麼他們就會去告訴香噴噴公司，香噴噴就會著急起來的。

大糞王還叮嚀了瓶博士一句：

「你談起枯井侯爵他們的時候，要隨隨便便，好像是無意中談起一件新聞似的。」

「是，是，」瓶博士鞠了一個躬。「我會這麼講：『我是聽說有這麼一個大陰謀。』我還要這麼講：『肥肥公司的人是嚴守祕密的，我從他們那裡打聽不到。』再呢，我還要這麼講：『啊呀！香噴噴公司倒應當派人去探聽探聽這件事哩。』等他們一探聽出格兒男爵的確在帝都活動，他們就著急了。」

好，就這麼辦。瓶博士鞠躬退出去，可是又打回鞠一個躬：

「老闆大人，我還要貢獻一個意見。我還想把這個消息透露給剝蝦太太。勸夫會的會員們一聽了這個消息，至多只要兩分鐘——就可以傳到香噴噴那裡去了，萬無一失。」

「好，就這麼辦。」

瓶博士鞠個躬退出去，可是又打回頭鞠一個躬：

「老闆大人。我還要貢獻一個意見。我還想把這個消息告訴馬頭阿大諸位大臣。老闆大人，這個消息傳播的時候，請老闆大人暫時不要跟香噴噴談什麼，也不要發表什麼意見。這樣他們就越著急，越要找上門來跟我們談，我們就越可以拿喬。」

這天他們一商量好了，就馬上動手布置。第二天，大糞王就同著磁石夫婦到海濱別墅去了。什麼客都不見，叫人家摸不清他們在哪裡幹什麼。

第三天一早，保不穿泡也帶著驢皮到海濱別墅去了。格隆冬雖然留在帝都，可是簡直不出門。什麼應酬都不參加，也不見客，只推說公司裡的事情忙。

逍遙自在的是瓶博士。這位學者先去找剝蝦太太，滿不在乎地談了幾句，又去拜訪拜訪他的老師黑龜教授。於是香噴噴馬上就知道了一件對他不利的新聞。設法去探聽一下，竟是真的！

那位帝國財部大臣馬頭阿大聽說這個消息，也吃了一驚：「啊呀，這是一個親愛的陰謀！」

「是的，一個親愛的陰謀！」巴里巴吉也嚇了一跳。

馬頭大臣搓了搓手，自言自語似的打算著：

「啊，那麼大家應當趕快來防備這共同的敵人了。枯井他們想根本推翻帝國的現行制度，哼！這是個大陰謀。我想親愛的肥肥公司一定不會去上這個當。」

可是——大糞王已經離開了帝都，保不穿泡也離開了帝都，香噴噴就是要找他們談談都無從談起。有些人想找驢皮去探探消息，連驢皮也離開了帝都！馬頭大臣派祕書去找格隆冬，好容易才見著，回答得又不著邊際——

「我沒有聽說這件事。這一切——都由我們的總經理大糞先生做主，我是不管的。」

於是馬頭阿大向巴里巴吉很客氣地詢問著：

「巴里巴吉大人，您是肥肥公司的總顧問，怎麼您也不知道大糞王的意思呢？」

「唔，不知道大糞王的意思，」巴里巴吉搖了搖頭。「他用得著我的時候就顧問顧問我，用不著我的時候就簡直不顧問我。」

「嘖，唉！」馬頭瞅了巴里巴吉一眼。

「嘖，唉！」巴里巴吉瞅了馬頭一眼。

可是一會兒首相打電話來了；一會兒呼呼幫俱樂部的祕書也打電話來了；一會兒工部大臣又約馬頭他們去談天。都是為了那件親愛的陰謀。閣員們都關心這件事。

後來馬頭阿大就跟巴里巴吉去找瓶博士，跟這位有名的學者切切實實談了一次。當時瓶博士很惋惜地告訴這兩位大臣：

「如果香噴噴早點跟肥肥合作，那就什麼問題都沒有了。」

「親愛的博士，我想——我想——」馬頭阿大發現瓶博士的私人祕書坐在角落裡正寫著什麼，就不放心地往那邊瞟一眼，把聲音放低了點兒，「我想親愛的大糞先生——總不會有推倒現內閣的意思吧？」

巴里巴吉也放心不下：

「不會的吧？」

瓶博士不慌不忙地拿出紙煙來敬客，不慌不忙地說：

「我希望您能夠看清大糞王之為人。他這種人——即使跟您要好，很有交情，可是誰也不能保證他就不會跟您搗蛋。他是以圖利為生的，要是上帝把人世的利錢之類取消掉，那麼大糞王他們的生存於世，就毫無意義了。他向呼呼幫投了資，那只是因為呼呼幫組閣對他有好處。假若枯井侯爵對他更有好處些，那他當然會向枯井侯爵的事業投資。如果您說『他為了帝國的現代文明，又為了他跟我的友誼，他一定不會那樣幹』，那您就未免太不了解他了！大人。」

那兩位大臣你看看我，我看看你。他們很知道——大糞王向哪一方面投資，哪一方面就容易得勝。不過馬頭阿大還想試探試探看：

「枯井侯爵他們要是得了天下，於親愛的大糞王先生實在是有害無利的。」

「的確是有害無利的。」巴里巴吉也有同感。

瓶博士很文雅地抽了一口煙，很優美地吐了一個煙圈。他慢吞吞地說：

「誰知道枯井侯爵他們答允一些什麼好處呢？他們彼此當然會有一些談判的，枯井侯爵他們可以對大糞王這樣說：『親愛的大糞王先生，我們將來得了勢，也決不辜負您的一片好意。我們等於是您的帳房先生，是比現任內閣更好的帳房先生，一定會使您生意興隆通四海。』這麼一來，可就——唉，大人，我唯願事情有挽救的餘地。」

「我也唯願事情還有挽救的餘地。」巴里巴吉嘆了一口氣。

「這親愛的局勢有一點嚴重，」馬頭大臣皺著眉毛摸摸太陽穴，似乎他有點頭疼。「聽說親愛的大糞王現在是到吃吃市去了，是不是？」

工部副大臣可很關心地插進來問：

「是到吃吃市去了，是不是？」

「我也聽說他是到吃吃市去掃墓的，」瓶博士帶著一副沉思的樣子，「不過保不穿泡為什麼也走了呢？」

說了就指著牆上掛著的地圖，找出了吃吃市——這個地方離枯井山莊只有五十公里。說不定枯井侯爵那幫人正在那裡跟大糞王密談哩。

「大糞王其實也知道肥肥跟香噴噴合併的好處的，」瓶博士緩緩地說，「可是因為有許多條件不熨貼，大糞王就又發了老脾氣——又想跟香噴噴打鬥到底。」

然而馬頭阿大還想要設法挽救這件事。巴里巴吉也有這麼一個打算。他們就託瓶博士向格隆冬去談談，要請大糞王顧全大局，不要拒絕跟香噴噴繼續談判。

「我一定轉達。」瓶博士鞠一個躬。

「凡事都可以商量，總不要拉破臉才好。」馬頭阿大輕輕地噓一口氣，「請您讓親愛的大糞王先生知道——在必要的時候，親愛的香噴噴先生是可以讓步的。」

「親愛的香噴噴先生是可以讓步的。」巴里巴吉也有這個見解。說了就看看馬頭阿大，又看看瓶博士。

這一次商量總算有了結果。於是瓶博士莊嚴地站起來，答允盡力去勸大糞王他們。至於馬頭大臣呢——

「您是肥肥的股東之一，大人。」瓶博士把聲音提高了些。

「您同時又是香噴噴公司的常務董事。無論為公為私，您當然都不願這兩家公司鬧僵。所以上次肥肥公司提出來的合併辦法——唔，我不知道您的意見怎樣，大人。」

那位馬頭大人回答得很乾脆。如今事情很急了，沒工夫來掂斤播兩地講價錢了。不管三七二十一——總得使香噴噴遷就大糞王。

「要是親愛的香噴噴還躊躇，那我可以利用我的地位，強迫他答允。」

「對的，可以利用您的地位強迫他答允，」巴里巴吉插嘴。「這麼著大糞王先生總會買帳的：他不會不顧友誼，不是麼？」

瓶博士用了他平常講學講到結論時候的派頭，伸出一個食指，一個字一個字地講：

「是的，他不會不顧友誼。因為他在可以圖利的範圍之內，是可以顧到友誼的。而現在正是使他有利。那麼——我們盡力做去吧。」

兩位大臣與瓶博士緊緊地握手了。

這一天他們談的話——瓶博士的私人祕書都已經記錄了下來。用打字機打了幾份，送一份給格隆冬，送一份到海濱別墅。

大糞王看了，笑著對保不穿泡說：

「這位博士倒真是我的知己哩。」

不久就接到了香噴噴先生的一封親筆信，寫得很客氣，表示願意跟大糞王他們再談談。

這麼一連好幾天——香噴噴先生常常跟馬頭大臣嘰嘰咕咕，馬頭大臣常常跟瓶博士嘰嘰咕咕，瓶博士常常跟格隆冬嘰嘰咕咕。終於格隆冬跟香噴噴會過幾次面，什麼問題就都商量定當了。

格隆冬每天有電報拍給大糞王。到了有一天，他可要親自到海濱別墅去一趟了。他邀土生：

「舅舅，我們到海濱別墅去玩一兩天吧。我跟老糞要到那裡大請客哩。」

「請誰？」

「請香噴噴他們。我們跟他們併成一家了，叫做肥香公司。什麼事都已經談判好了，明天到海濱別墅去簽字。」

臺灣版後記

為重寫中國兒童文學史做準備

眉睫（簡體版書系策畫）

二〇一〇年，欣聞俞曉群先生執掌海豚出版社。時先生力邀知交好友陳子善先生參編海豚書館系列，而我又是陳先生之門外弟子，於是陳先生將我點校整理的梅光迪講義《文學概論》（後改名《文學演講集》）納入其中，得以出版。有了這個因緣，我冒昧向俞社長提出入職工作的請求。俞社長看重我對現代文學、兒童文學研究的能力，將我招入京城，並請我負責《豐子愷全集》和中國兒童文學經典懷舊系列的出版工作。

俞曉群先生有著濃厚的人文情懷，對時下中國童書缺少版本意識，且缺少人文氣質頗不以為然。我對此表示贊成，並在他的理念基礎上深入突出兩點：一是以兒童文學作品為主，尤其是以民國老版本為底本，二是深入挖掘現有中國兒童文學史沒有提及或提到不多，但比較重要的兒童文學作品。所以這套「大家小書」，頗有一些「中國現代兒童文學史參考資料叢書」的味道。此前上海書店出版社曾以影印版的形式推出「中國現代文學史參考資料叢書」，影響巨大，為推動中國現代文學研究做了突出貢獻。兒童文學界也需要這麼一套作品集，但考慮到兒童讀物的特殊性，影印的話讀者太少，只能改為簡體橫排了。但這套書從一開始的策劃，就有為重寫中國兒童文學史做準備的想法在裡面。

為了讓這套書體現出權威性，我讓我的導師、中國第一位格林獎獲得者蔣風先生擔任主編。蔣先生對我們的做法表示相當地贊成，十分願意擔任主編，但他畢竟年事已高，不可能參與具體的工作，只能以書信的方式給我提了一些想法，我們採納了他的一些建議。書目的選擇，版本的擇定主要是由我來完成的。總序也由我草擬初稿，蔣先生稍作改動，然後就「經典懷舊」的當下意義做了闡發。可以說，我與蔣老師合寫的「總序」是這套書的綱領。

什麼是經典？「總序」說：「環顧當下圖書出版市場，能夠隨處找到這些經典名著各式各樣的新版本。遺憾的是，我們很難從中感受到當初那種閱讀經典作品時的新奇感、愉悅感、崇敬感。因為市面上的新版本，大都是美繪本、青少版、刪節版，甚至是粗糙的改寫本或編寫本。不少編輯和編者輕率地刪改了原作的字詞、標點，配上了與經典名著不甚協調的插圖。我想，真正的經典版本，從內容到形式都應該是精緻的、典雅的，書中每個角落透露出來的氣息，都要與作品內在的美感、精神、品質相一致。於是，我繼續往前回想，記憶起那些經典名著的初版本，或者其他的老版本——我的心不禁微微一震，那裡才有我需要的閱讀感覺。」在這段文字裡，蔣先生主張給少兒閱讀的童書應該是真正的經典，這是我們出版本套書系所力圖達到的。第一輯中的《稻草人》依據的是民國初版本、許敦谷插圖本的原著，這也是一九四九年以來第一次出版原版的《稻草人》。至於解放後小讀者們讀到的《稻草人》都是經過了刪改的，作品風致差異已經十分大。俞平伯的《憶》也是從文津街國家圖書館古籍館中找出一九二五年版的原著來進行重印的。我們所做的就是為了原汁原味地展現民國經典的風格、味道。

什麼是「懷舊」？蔣先生說：「懷舊，不是心靈無助的漂泊；懷舊也不是心理病態的表徵。懷舊，能夠使我們憧憬理想的價值；懷舊，可以讓我們明白追求的意義；懷舊，也促使我們理解生命的真諦。它既可讓人獲得心靈的慰藉，也能從中獲得精神力量。」一些具有懷舊價值、經典意義的著作於是浮出水面，比如孤島時期最富盛名的兒童文學大家蘇蘇（鍾望陽）的《新木偶奇遇記》；大後方為少兒出版做出極大貢獻的司馬文森的《菲菲島夢遊記》，都已經列入了書系第二批順利問世。第三批中的《小哥兒倆》（淩叔華）《橋（手稿本）》（廢名）《哈巴國》（范泉）《小朋友文藝》（謝六逸）等都是民國時期膾炙人口的大家作品，所使用的插圖也是原著插圖，是黃永玉、陳煙橋、刃鋒等著名畫家作品。

中國作家協會副主席高洪波先生也支持本書系的出版，關露的《蘋果園》就是他推薦的，後來又因丁景唐之女丁言昭的幫助而解決了版權。這些民國的老經典，因為歷史的原因淡出了讀者的視野，成為當下讀者不曾讀過的經典。然而，它們的藝術品質是高雅的，將長久地引起世人的「懷舊」。

經典懷舊的意義在哪裡？蔣先生說：「懷舊不僅是一種文化積澱，它更為我們提供了一種經過時間發酵釀造而成的文化營養。它對於認識、評價當前兒童文學創作、出版、研究提供了一份有價值的參照系統，體現了我們對它們的批判性的繼承和發揚，同時還為繁榮我國兒童文學事業提供了一個座標、方向，從而順利找到超越以往的新路。」在這裡，他指明了「經典懷舊」的當下意義。事實上，我們的本土少兒出版是日益遠離民國時期宣導的兒童本位了。相反地，上世紀二三十年代的一些精美的童書，為我們提供了一個座標。後來因為歷史的、政治的、學術的原因，我們背離了這個民國童書的傳統。因此我們正在努力，力爭推出真正的「經典懷舊」，打造出屬於我們這個時代的真正的經典！

但經典懷舊也有一些缺憾，這種缺憾一方面是識見的限制，一方面是因為審稿意見不一致。起初我們的一位做三審的領導，缺少文獻意識，按照時下的編校規範對一些字詞做了改動，違反了「總序」的綱領和出版的初衷。經過一段時間磨合以後，這套書才得以回到原有的設想道路上來。

欣聞臺灣將引入這套叢書，我想這對於臺灣人民了解大陸的兒童文學是有幫助的。林文寶先生作為臺灣版的序言作者，推薦我撰寫後記，我謹就我所知，記述於上。希望臺灣的兒童文學研究者能夠指出本書的不足，研究它們的可取之處，為重寫兩岸的中國兒童文學史做出有益的貢獻。

二〇一七年十月於北京

眉睫，原名梅杰，曾任海豚出版社策劃總監，現任長江少年兒童出版社首席編輯。主持的國家出版工程有《中國兒童文學走向世界精品書系》（中英韓文版）、《豐子愷全集》《民國兒童文學教育資料及研究》，主編《林海音兒童文學全集》《冰心兒童文學全集》《豐子愷兒童文學全集》《老舍兒童文學全集》等數百種兒童讀物。二〇一四年度榮獲「中國好編輯」稱號。著有《朗山筆記》《關於廢名》《現代文學史料探微》《文學史上的失蹤者》，編有《許君遠文存》《梅光迪文存》《綺情樓雜記》等等。

民國時期經典童書 A0801026

金鴨帝國（第一卷）

作　　者 張天翼
版權策劃 李　鋒

發 行 人 陳滿銘
總 經 理 梁錦興
總 編 輯 陳滿銘
副總編輯 張晏瑞
編 輯 所 萬卷樓圖書(股)公司
特約編輯 沛　貝
內頁編排 小　草
封面設計 小　草
印　　刷 百通科技(股)公司

出　　版 昌明文化有限公司
　　　　 桃園市龜山區中原街 32 號
電　　話 (02)23216565
發　　行 萬卷樓圖書(股)公司
　　　　 臺北市羅斯福路二段 41 號 6 樓之 3
電　　話 (02)23216565
傳　　真 (02)23218698
電　　郵 SERVICE@WANJUAN.COM.TW
大陸經銷
廈門外圖臺灣書店有限公司
電郵 JKB188@188.COM

ISBN 978-986-496-119-1
2018 年 2 月初版一刷
定價：新臺幣 320 元

如何購買本書：
1. 劃撥購書，請透過以下帳號
帳號：15624015
戶名：萬卷樓圖書股份有限公司
2. 轉帳購書，請透過以下帳戶
合作金庫銀行古亭分行
戶名：萬卷樓圖書股份有限公司
帳號：0877717092596
3. 網路購書，請透過萬卷樓網站
網址 WWW.WANJUAN.COM.TW
大量購書，請直接聯繫，將有專人為您服務。(02)23216565 分機 10

如有缺頁、破損或裝訂錯誤，請寄回更換

國家圖書館出版品預行編目資料

金鴨帝國 / 張天翼 著 . -- 初版 .
-- 桃園市 : 昌明文化出版 ; 臺北市 :
萬卷樓發行 , 2018.02
230 面 ; 14.5×21 公分 . -- (民國時期經典童書)
ISBN 978-986-496-119-1 (第 1 卷 : 平裝). --
ISBN 978-986-496-120-7 (第 2 卷 : 平裝)
859.08　　　107001317